KB120252

아들에게
전하는
아버지
이야기

아들에게
전하는
아버지
이야기

초판 1쇄 발행 2015년 3월 1일

지 은 이	심재훈
발 행 인	권선복
편집주간	김정웅
편 집	김성호
디 자 인	김소영
전 자 책	신미경
마 케 팅	정희철
발 행 처	행복에너지
출판등록	제315-2011-000035호
주 소	(157-010) 서울특별시 강서구 화곡로 232
전 화	0505-613-6133
팩 스	0303-0799-1560
홈페이지	www.happybook.or.kr
이 메 일	ksbdata@daum.net

값 15,000원

ISBN 979-11-5602-088-2 (03810)

도서출판 행복에너지는 독자 여러분의 아이디어와 원고 투고를 기다립니다. 책으로 만들기를 원하는 콘텐츠가 있으신 분은 이메일이나 홈페이지를 통해 간단한 기획서와 기획의도, 연락처 등을 보내주십시오. 행복에너지의 문은 언제나 활짝 열려 있습니다.

아들에게 전하는
아버지 이야기

심재훈 지음

도서
출판 행복에너지

어릴 적 부모님이나 선생님께서 권하신 이순신 장군이나 세종
대왕 등 훌륭한 분들의 이야기를 읽은 경험이 다들 있을 겁니다.
그러면서 그분들 같이 훌륭한 사람이 되어야겠다고 생각한 적도
있을 겁니다. 그분들이 어떻게 성장했으며 무슨 생각을 갖고 어떻
게 고난을 헤쳐 나가 무엇을 이루었는지를 잘 알고 있을 겁니다.

그러나 정작 자신의 아버지에 대해서는 정확히 알지 못하는 경
우가 많습니다. 비록 훌륭한 아버지는 아닐지라도 그 아버지 역시
무슨 생각을 하였는지, 어떤 고난이 있었으며 인생을 어떻게 살았
는지를 말입니다. 그분들 역시 나름대로의 삶이 있었을 텐데 말입
니다.

별로 자랑할 만한 인생을 산 것은 아닙니다. 그래서 남길 만한
것도 별로 없습니다. 나름대로 정리한 글도 뒤죽박죽 두서가 없습

니다. 아름답지 못한 부분들도 있습니다. 하지만 그것 또한 제 인생의 한 부분이기에 포장하지 않고 자식들에게 보여주고 싶습니다. 자식들이 아비를 이해하는 데 이 책이 도움이 되리라 생각합니다.

아들이 군에 입대하면서 군 생활을 무사하게 마치기를 바라면서 '기갑병의 눈물'이라는 글을 쓰게 됐습니다. 그것을 계기로 무엇이라도 끄적거리면 모아두었다가 자식들에게 전해주어야겠다는 생각을 갖게 되었습니다. 또 직장생활을 하면서 업무처리과정에서 부딪치게 되는 여러 일들을 글로써 남겨 두어야겠다는 생각도 하였습니다. 그러다 보니 얼마 되지 않은 부족한 글들을 모아 책을 펴내게 됐습니다.

나의 사랑하는 아들들이 읽기를 바랍니다.

2015. 2. 퇴직을 앞두고
심재훈

―『운명보다 강한 열정』『10년의 기다림』『보리밭 인생』『생각을 벗어라』의 저자 김창수 선생님께서 진행하시는 유튜브 방송 〈김창수 보리밭 인생처럼 누구나 책을 쓰자〉에서 꼭 책 한권 내기로 한 약속을 지키게 되어 참 다행입니다. ―

아버지
이야기

기갑병의
눈물 - 1

"불이야!"

전차병이 가장 두려워하는 불이라니!

나는 다급하게 비명이 들린 곳으로 시선을 돌렸다. 53호 전차에서 검은 연기가 모락모락 피어오르고 있었다. 나는 본능적으로 조종석 옆에 놓여 있는 5파운드 소화기를 들고 뛰었다. 그 전차는 우리 5소대의 세 번째 전차로 월남전 참전용사 출신인 전차장 오상사, 우리부대 최고의 명포수 이 하사, 우리 소대 병고참인 조종수 문 병장 등 최고의 승무원으로 구성된 전차였다.

당시 우리는 M47전차를 운용하였는데 이 기종은 1950년도 생산되었다고 하는, 25여 년이 지난 당시 내 나이보다 더 오래된 매우 노후한 기종이었다.

매년 여름의 끝자락이면 군단예하 모든 전차부대가 대성산 기슭에 모여 그간 갈고 닦은 기량을 겨루고 뽐내는, 전차부대로서는 가장 큰 규모의 훈련을 하곤 했다. 군단직할 전차 30여 대, 3개 사단직할 전차 40여 대, 모두 70여 대의 전차가 모여 전투측정을 하는 훈련을 했다. 전차별, 부대별로 포상의 기회가 주어져 명예를 드높일 수 있으며, 최우수 전차로 선발되면 전 승무원이 10일간의 포상휴가를 갈 수도 있었다. 자부심과 명예심 강한 전차병으로서는 절대 놓칠 수 없는 한판의 격전장으로 우리 부대원들은 각자의 임무에 따라 전차정비며 포술훈련 등을 하던 중이었다.

내가 달려갔을 때에는 이미 전차 시다바리(하판)에 누출된 기름에도 불이 붙어 벌겋게 타오르고 있었다. 언제 달려왔는지 52호차 조종수인 박 상병의 손에도 소화기가 들려 있었다. 우리 차인 51호 그리고 52호 승무원 십여 명이 53호차를 에워싸고 있었으나 평소 5~6드럼의 휘발유와 포탄 60여 발을 365일 탑재하고 있는 53호차의 불길을 잡기에는 역부족이었다.

불길이 포탄이나 기름 탱크에 번지기라도 해 폭발하게 되면?
우리 소대원은 적과 싸워 장렬하게 전사하기는커녕 안전사고로 죽게 될 억울한 순간을 맞이할 수도 있는 위태로운 상황에 직면하게 됐다. 당시 각 전차의 지휘관인 전차장들은 다른 곳에 있었는지 보이지 않고 53호차의 이 하사와 동기인 우리 51호차의 포수 김 하사는 평소의 습관대로 큰 소리로 외쳤다.

"야! 포탑 돌려!"

"밧데리 꺼내!"

"소화기! 소화기!"

"10파운드 터트려! 빨리 이 새끼야!"

그는 평소 하지 않던 욕을 거리낌 없이 해대며 정신없이 외치고
있었다. 나는 우선 눈에 보이는 전차 하판에 번진 불부터 끄기 위
해 5파운드 소화기를 쏘았다. 두어 번 쏘니 하판의 불은 다행이
진압되었다. 5파운드 소화기는 CO_2 이산화탄소 소화기로서, 화
염을 덮어씌워 진압하는 분말소화기와는 달리 화염을 순식간에
냉각시켜 불을 진압하는, 기름이 원인인 불에는 직방이었다.

이때 인근에서 전차정비를 하고 있던 다른 소대원들은 이미 앞
서거니 뒤서거니 슬금슬금 도망치기 시작했다. 불난 전차에서 기
름탱크에 불이 옮겨 붙고 포탄이라도 터지면 모두가 위험해지기
때문이었다. 그 짧은 순간에도 나는 도망치는 그들을 이해할 수 있
었다. 나라도 다른 소대의 전차에 불이 났다면 그리했을 테니까.

부대편제에 따라 1개 소대 전차 3대의 총원 15명 중 영외생활
을 하는 전차장 3명을 빼고는 영내생활을 하는 12명의 병사는 늘
함께 생활한다. 소대별로 모든 훈련과 작업은 물론이고 숙식, 운
동경기까지 함께하며 생사고락을 함께하고 있는 터이므로 그 전
우애는 형제간의 우애 이상이었다.

"쓰벌, 여기서 죽는구나!"

기름탱크에 불이 붙고 그다음에 포탄이 터지면…….
통닭이 되거나 갈기갈기 찢긴 내 시체를 제대로 찾을 수나 있으
려나?
짧은 순간, 여러 가지 생각들이 스쳐가고 있었다.

전차는 일반 차량과는 달리 엔진과 트란스밋션이 뒤쪽에 있으
며 전투차량인 까닭에 그 엔진이 적의 공격으로부터 방어되고 노
출되지 않도록 '상판'이라 하여 수십 개의 쇠토막으로 촘촘히 덮여
있다. 이미 쇠토막은 젖혀져 있었으나 엔진의 위쪽만 보이므로 불
길을 제압할 수 없었다.

"빨리 포탑을 돌리란 말이야!"

다시 김 하사의 다급한 외침이 들렸다. 동시에 포탑이 돌아가고
있었다. 누군가 이미 포탄이 실려 있는 포탑 속에 들어가서 포탑
을 돌리고 있었다. 전차는 항상 포신을 앞으로 하게 하여 주차시
켜 놓곤 하는데 포탑을 직각으로 돌리면 뒤쪽 상판에 공간이 생겨
배터리 있는 곳이 보인다. 배터리를 들어내면 어린아이가 들어갈
정도의 조그마한 공간이 생긴다. 김 하사나 우리는 그 공간을 통
하여 불이 어느 정도 번졌는지 알 수 있기에 또한 그곳은 불길을
제압할 수 있는 유일한 공간이기 때문에 말하지 않아도 한시라도

바삐 포탑을 돌려야 하는 시급함을 모두 알고 있었다.

불은 아마 전차의 하판 안쪽에서 번지고 있는 중인 것 같았다.
전차의 하판은 우리에게 정말 친숙한 공간이었다. 육군기갑학교 교육생 시절부터 낮은 포복으로 수없이 기어 다녔던 곳이다. 그러나 그곳은 지면과 인접한 밖이고 지금 불이 난 곳은 전차 안쪽의 하판 아닌가. 흙탕길도 운행하고 때로는 강물도 건너야 하는 전차는 폭발물로부터 차량을 보호하고 외부의 흙이나 이물질이 전차의 내부에 들어오지 못하도록 약 1인치 두께의 매끈한 철판으로 되어 있다.

1950년도 산인 M47은 이미 노후할 대로 노후하여 엔진오일이며 각종 기계장치에서 누출된 기름 등이 있기 때문에 하판 위에는 불씨만 있으면 언제든지 발화할 수 있다. 그래서 전차 내부는 당연히 금연구역이다. 누가 시키지 않더라도 우리 모두 스스로 전차에서는 절대 담배를 피우지 않는다.

"천우신조!"
포탑을 돌리고 나니 배터리가 있어야 할 자리에 배터리가 없어 전차의 하판이 바로 보였다. 아마 53호차 조종수 문 병장이 배터리 충전을 위하여 잠시 떼어 놓은 것 같았다. 일반적으로 조종수들은 전차 기동 전 항상 배터리를 떼어 충전을 위해 정비반에 맡기는 것이 당연한 일이었기 때문이다. 정말 다행이었다. 배터리가 장착되어 있었다면 배터리를 떼어내기 위한 나사풀기 작업시간 때문에 진화작업이 더 소비되었을 것이다.

　이미 배터리가 있었던 구멍으로 내려다보니 불길이 엔진룸으로 번지고 있던 중이었다. 전차를 생명처럼 아꼈던 문 병장은 지체하지 않고 홀로 5파운드 소화기를 들고 배터리가 있었던 구멍으로 머리를 처박고 불을 진압했다. 분명히 위험할 수도 있는 상황이었지만 그는 자신의 몸을 사리지 않고 달려들었다. 훗날 웃으면서 우리끼리 한 이야기지만 그 덩치에 그 조그만 구멍으로 어떻게 머리를 처박았는지 본인도 신기하다면서 가슴을 쓸어내리곤 하였다.

　"나 좀 꺼내 줘!"
　한참을 지나서 문 병장이 소리쳤다. 아니 짧은 시간이었을지도 몰랐다. 소대원 몇이서 거꾸로 처박힌 문 병장의 허리춤을 붙잡아 끄집어내었다. 이윽고 온통 시커먼 얼굴의 문 병장이 나타났다. 그는 연신 기침을 하며 캑캑거리고 있었다.

　"쓰벌, 죽을 뻔 했네!"

　허연 연기가 스멀스멀 올라왔다. 대충 불길이 잡혔다는 신호인 것 같다. 불은 아마도 전방사수 자리의 바닥에서 시작되어 포탄이 실려 있는 포탑 밑을 지나 엔진룸까지 번진 것 같았다. 52호차 조종수인 박 상병은 전방사수석에서 포탑 밑의 하판 부분의 불을 제압했다. 문 병장과 마찬가지로 박 상병도 큰 사고를 막은 주역 중에 한 명이었다. 불이 붙은 상황에서 시간이 조금이라도 더 경과하였다면 그 열기로 인해 60여 발의 포탄이 먼저 터지고 이어서 휘발유가 담긴 기름 탱크에 불이 붙어 폭발했을 것이다. 생각만 해도 끔찍한 일이었다.

전방사수와 탄약수는 권총의 다른 보직의 승무원들과는 달리 M16 개인화기를 소지하고 있다. 하지만 기동 중에는 별로 쓸모도 없고 오히려 귀찮기만 하여 53호차의 전방사수인 김 일병은 그의 좌석 옆 공간에 M16 소총을 거치할 공간을 만들기 위하여 용접작업을 하고 있다가 그만 용접 불똥이 인화물질이 많은 전차 바닥에 튀어 불이 난 것이었다.

"샅샅이 살펴 봐!"

언제 도착했는지 53호차 전차장인 오 상사가 우리들에게 지시하고 있었다. 우리는 조종수석에서부터 포탑 밑, 방금 전 문 병장이 머리를 처박았던 엔진룸, 전차 하판까지 꼼꼼히 살펴보았다. 아직도 허연 연기가 오르곤 있었으나 불길은 완전히 제압된 것 같았다.

"휴우우……."
우리 소대원들은 안도의 가슴을 쓸어내리고 있었다. 우리 5소

대원 전원이 달라붙어 53호 전차의 불을 제압하는 데 성공한 것
이다.

    그렇다.
    의리!
    단결!
    투지!
    용기!
    평소 외치던 '기갑병의 신조'처럼 누가 시키지 않았어도 스스로
목숨을 걸고 전우들과 전차를 지킨 것이었다.
    그때였다.

    "이 하사! 왜 그래?"

    다시 오 상사가 소리쳤다. 이 하사는 오른손으로 왼손을 감싸
쥐고 있었다. 우리들은 일제히 이 하사의 손을 쳐다보았다.

    "어디 손 치워봐!"
    오 상사의 말 속에는 다급함이 배어 있었다.

    아뿔싸.
    그의 왼손은 벌겋게 달아올라 있었고 중지부터 새끼손가락까지
힘없이 흔들거리고 있었다. 손가락이 아예 부서진 것이었다. 포수

에게는 손이 정말 중요한데 포수가 손을 다친 것은 치명적이었다.

화재를 진압한 기쁨도 잠시였다. 모두의 얼굴에 침울함이 맴돌았다. 오 상사의 다급한 지시와 함께 누군가 본부로 달려갔고 잠시 후 쓰리코다 트럭(3/4톤 군용차량의 군대식 표현)이 도착하였다. 이 하사는 오 상사와 함께 쓰리코다를 타고 황급히 위병소 정문을 빠져 나갔다. 우리 부대는 사단 직할대로서 부대 내에 의무대나 PX조차 없는 그런 소규모 부대였기에 응급처치도 쉽지 않은 여건이었다.

전차의 내부로 출입할 수 있는 문을 '해치Hatch'라고 한다. 전차에는 모두 4개의 해치가 있는데 전차 아래 부분에는 조종수와 전방사수가 출입할 수 있는 2개의 해치가 있다. 적의 공격을 집중적으로 받을 수 있는 부분이기 때문에 방어를 위해 약 4~5인치 두께의 철판으로 되어 있다. 그렇다고 해서 여닫기 어려운 것은 아니다. '토숀바Torsion bar'라는 철심의 복원력을 이용해 여닫기 쉽도록 되어 있다.

포탑부분에도 역시 2개의 해치가 있는데 포탑상부인 까닭에 앞에 설명한 2개의 해치처럼 두껍지는 않다. 특히 탄약수가 출입하는 해치는 약 1인치 정도의 두께로 다른 해치와는 달리 스프링 식으로 완전히 뒤로 젖히거나, 반만 젖혀서 사방에서 날아오는 총탄으로부터 탄약수를 보호할 수 있게 돼 있다. 탄약수 쪽의 해치는 반만 젖힐 경우 제대로 안전장치를 하지 않으면 갑자기 닫혀 위험할 수 있기 때문에 조심해야 된다.

탄약수 쪽의 반만 젖혀진 해치가 갑자기 닫히면서 화재를 진압하느라 정신없던 이 하사의 손을 내려친 것이었다. 1인치 두께의 쇳덩어리 철판이 갑자기 내리쳤으니 손이 멀쩡할 리가 없었다.

저녁 늦게 이 하사는 왼쪽 팔꿈치부터 손가락까지 온통 깁스를 한 채 나타났다. 우리는 모두 걱정스러운 눈길로 그를 쳐다보고 있었다. 특히 53호차 승무원들의 눈빛은 절망하고 있었다.

〈계속〉

EMBC 614기

5소대 조종수들,
어느 겨울

기갑병의
눈물 − 2

　이미 전차의 굉음소리가 들리지 않은지 오래되었다. 우리는 숨을 죽이며 출발선에서 군단지휘부의 명령을 기다리고 있었기 때문이다. 이윽고 지휘부로부터 명령이 하달되었다.

　"51호 출발!"
　외부로부터 들어오는 무전소리는 모든 전차 승무원들이 들을 수 있으며 우리끼리 말하는 내부의 무전소리는 외부로는 나가지 않고 전차장의 무전소리만 외부로 나가는 구조다.

　"조종수 출발!"
　이어서 전차장인 이 중위가 낮고 결의에 찬 목소리로 내게 명령했다.

"출발!"

나 역시 낮고 결의에 찬 목소리로 복창한 후에 기어를 넣고 서서히 가속페달을 밟기 시작하자 전차는 앞으로 나가기 시작했다. 너무 느려도, 너무 빨라서도 안 된다. 잠시 후에 사격명령이 떨어질 것이다. 그 얼마나 기대하고 준비해 왔던 순간이었나. 나는 호흡을 가다듬으면서 가속페달을 밟았다.

"51호! 2번 표적!"

다시 군단지휘부로부터 명령이 하달되었다. 갑자기 우측방향에 적 전차가 나타났으니 이를 즉시 격파하라는 명령이었다. 포탑 안의 포수와 탄약수를 제외한 3명의 승무원은 출발하면서부터 멀리 보이는 여러 개의 표적 중 어느 표적을 지정할 것인가를 가늠해 보고 있었으며 포수는 포탑 안에서 조준경을 통하여 쳐다보고 있기 때문에 표적을 잘 볼 수 없는 구조를 갖추고 있다. 만약 포수가 포탑 자체를 우측으로 돌려 출발하면 표적은 쉽게 찾을 수는 있으나 그렇게 되면 반칙으로 이는 적 전차를 발견하였을 때 얼마나 빠르고 정확하게 격파하는가를 측정하는 것이 핵심이기 때문이다. 전차의 생명은 '초탄박살'이며 첫 발이 빗나가면 적에게 노출되어 즉시 피격되기 때문에 전차에 있어서 첫 발 명중은 그 무엇보다도 중요하다. 포수의 사격능력은 다섯 승무원의 생존을 결정하는 소중하고도 소중한 것이다.

나는 즉시 힘차게 가속페달을 밟아 2번 표적을 정면으로 바라

볼 수 있는 위치에 정지하였다. 내가 바라보는 시선과 포수가 바라보는 시선이 같기 때문에 포탑을 좌우로 별로 움직이지 않고 포신의 상하 조작만으로 쉽게 조준하게 하기 위한 조처였다.

"포수! 철갑탄! 2번 표적!"
아까와는 달리 크고 힘찬 목소리로 빠르게 전차장은 승무원들에게 명령했다. 포수와 탄약수는 철갑탄을 장전하여 쏠 준비를 하라는 말이었다. 인마살상용인 고폭탄과는 달리 철갑탄은 적 전차와 같이 중화기를 격파하기 위한 포탄으로 전차에서 가장 많이 사용하고 무게가 가장 많이 나가는 포탄의 종류이다.

"장전 끝!"
탄약수가 즉시 포탄을 장전한 후에 외쳤다. 포탑의 내부는 포탄적재 및 사격 그리고 전차승무원이 활동하는 공간으로 매우 협소하다. 탄약수가 장전하고 즉시 안전공간으로 자리를 비키지 않은 상태에서 사격을 하면 그 반동으로 인해 탄약수가 매우 위험하다. 그래서 탄약수가 포탄장전 후 안전공간으로 자리를 옮긴 후에 포탄이 장전되었음을 알리고 이를 확인하고 전차장이나 포수가 사격을 해야만 한다.

"조준 끝!"
곧이어 포수의 사격준비가 다 되었다는 외침이었다.

"쏴!"
전차장의 최종명령이 하달되었다.

"발사!"
포수의 낮은 복창소리와 함께 "꽝" 소리가 들렸다. 이어서 2번 표적 뒤쪽의 흙더미가 풀썩하였다.

"명중이구나!"
나는 처음부터 계속 표적을 바라보고 있던 터라 명중임을 확인할 수 있었다. 포탄을 장전하고 쏘는 당사자들과는 달리 나와 전방사수는 계속 표적을 응시하고 있기 때문이었다. 전차조종을 잘하느냐, 정비를 잘하느냐 등 포수 외 다른 보직은 명확하게 능력을 평가하기 어렵다. 하지만 포수는 사격솜씨로 포수의 능력을 명확하게 증명받기 때문에 스트레스를 많이 받는 보직이다. 매 사격마다 만점 받기란 25년 이상 된 똥차에서는 그리 녹록하지 않다. 우리 차의 포수 김 하사는 53호차의 포수 이 하사와 더불어 우리 부대 명포수로 이름을 날리고 있었다. 지휘부의 사격명령으로부터 포탄이 발사되기까지의 시간은 10여 초가 지났다.

"조종수 출발!"
전차장은 다시 나에게 명령을 하달했다.

"출발!"

아까와는 달리 가볍게 1차 관문을 통과했기에 복창한 후에 편안한 마음으로 가속페달을 밟았다.

다음 코스는 본격적인 사격을 하기 위해 사선으로 이동해야 한다. 방금 전의 포탄사격은 본격적인 훈련의 맛보기 정도에 지나지 않았다. 지금의 전차는 이동 중에도 사격을 할 수 있도록 잘 개량되어 만들어져 있지만 30여 년 전의 전차는 이동 중의 사격은 꿈도 꾸지 못했다. 어쩌면 사격은 할 수 있더라도 표적을 맞추는 것은 불가능에 가까운 일이었을 것이다.

우리 부대는 이미 며칠 전에 훈련장에 도착해 있었다. 훈련장이 우리 사단 내에 있기도 했고 진급에 목이 멘 중대장이 극성을 부린 이유도 있었을 것이다. 우리는 여러 종류의 표적과 여분의 표적을 만들기도 하고 사격코스나 주변 평탄작업 등에 투입되었다. 그렇다고 작업만 한 것은 아니었다. 어떤 날은 전차의 사격장 이동선을 따라 운행도 해보고 실제 측정훈련과 같이 모의사격도 하였다. 이미 그곳의 지형에 익숙한 것은 물론 사격연습까지 마친 상태로 측정훈련에 임한다는 것은 홈그라운드의 이점을 가지고 경기하는 것과 마찬가지였다.

다른 사단의 전차부대는 빨라도 이틀 전 대개는 하루 전에 도착한다. 도착해서 숙영지에 천막 등을 설치하고 사격장 코스로 이동하여 돌아보기도 바쁘다. 약 3킬로 정도의 사격코스를 돌아보는

데, 포수는 코스별로 사격에 관련된 각종 거리들과 지형지물, 포신의 높낮이 등을 숙지해야 하고 조종수는 표적은 어디이며 전방사수와 포수가 사격을 할 때 어떤 길이 제일 평탄한지 등을 점검해야 한다. 전방사수 그리고 전차의 지휘관인 전차장 등도 자신과 관련된 모든 것들을 숙지해야 한다. 즉 모든 승무원이 코스를 살펴볼 때 눈에 불을 켜야만 한다.

다시 마음을 가다듬고 사선에 차를 대었다. 잠시 후 52호차에서도 우리가 지나온 길을 포신에서 불을 뿜고 다가오고 있었고 53호차 역시 같은 순서를 거쳐 우리 소대 전차 3대가 나란히 사선에 정렬하였다.

다시 지휘부의 명령을 기다리는 긴장된 시간이었다. 지금부터는 전차 한 대가 모든 코스를 돌면서 사격이 모두 끝나고 산등성이를 돌아 안전지대에 완전히 도착할 때까지 다른 차는 구경만 하고 있어야 한다. 순서상 우리 차가 제일 먼저 출발하게 됐다. 당연히 긴장이 더할 수밖에 없었다.

"51호차, 3번 표적!"
이어서 지휘부의 사격명령이 하달되었다. 이번에는 정지된 상태에서라 다소 수월하리라.

"포수 철갑탄! 3번 표적!"

"장전 끝!"

"조준 끝!"

"발사!"

"쏴!"

"쾅!"

전차장의 사격명령, 탄약수와 포수의 복창이 차례대로 무전으로 들려오고 있었다. 그리고 우레와 같은 소리와 함께 몸이 뒤로 밀려났다. 전차 승무원들은 무전기가 장착된 헬멧을 쓰고 있어 포격 진동에 머리를 철갑에 부딪쳐도 괜찮다. 그러나 전차 밖에서 이를 지켜보는 병사들은 겁먹을 정도로 반동이 심하다. 정지 상태에서의 사격은 포수라면 거쳐야 하는 기본 중의 기본으로 이를 명중시키지 못하는 포수는 감히 포수라 불릴 자격이 없는 과정이다.

사격시스템에 대해서는 다소 설명이 필요할 것 같다. 대부분 전차하면 육중한 몸체에서 포탄을 뿜어내는 모습을 떠올릴 것이다. 전차는 어떻게 표적을 정확하게 맞힐 수 있는 것일까? 포수의 조준경은 멀리 있는 표적도 가깝게 보이게 하는 등 간단하게 표적을 맞출 수 있는 시스템일까?

요즘 사람들이 쓰는 대부분의 디지털카메라의 경우 알아서 초점을 잡아주지만 내가 학창시절에 썼던 카메라는 뿌연 네모 화면을 일치시킨 후 피사체를 고정시켜 찍어야 했다. 소위 '포인트'를 맞추는 것이 사진이 잘 나오느냐 못 나오느냐를 결정하는 것으로 전차의 사격도 이 포인트를 맞추는 것이 중요하다. 일반 소총은 가늠쇠와 가늠자를 일치시키고 그 일치된 선상 위에 목표물을 조준한다. 후에 거리에 따라 또는 각자의 훈련방법과 경험에 따라 사격을 한다.

포수 조준경은 갈매기 모양의 포인트를 앞뒤로 조정해서 포인트를 맞추는 시스템으로 당시 사진을 찍는 것보다 훨씬 정밀하게 포인트를 맞춰야 하는 어려운 일이었다. 이는 오랜 경험과 숙달된 포수만이 가능한 것으로 조종수인 나는 아무리 보아도 그 포인트 자체를 찾을 수조차 없는 것이었다.

그렇다면 이 포인트는 왜 정밀하게 맞추어야 할까? 바로 포탄의 종류와 무게가 각각 다르기 때문이다. 가장 무거운 철갑탄은 약간 상방향으로, 상대적으로 가벼운 고폭탄은 약간 하방향으로 조준해야 하는데 문제는 그 조준을 사람이 하는 것이 아니고 바로 포인트로 맞추어야 하기 때문이다.

자, 조준경을 통하여 표적을 십자선에 맞추고 포인트도 정확히 맞추었다. 이제 포탄을 쏘면 맞을까? 아니다. 한 가지 작업이 더 있다. 25년 이상 된 전차는 이미 낡을 대로 낡아 있기 때문에 각 전차마다 포수에서 포수에게로 구전으로 전수되어 오는 조준경의 특징 즉 오조준도 감안해야 한다는 사실이다.

"51호차, 4번 표적!"

지휘부의 2번째 사격명령이 하달되었다. 정지 상태에서 쏘는 두 번째 사격명령이다.

"포수 철갑탄! 4번 표적!"

"장전 끝!"

"조준 끝!"

"발사!"

"쏴!"

"쾅!"

아까와 같이 명령과 복창 속에 두 번째 포탄도 표적에 명중한 것을 나와 전방사수는 알 수 있었다.

"51호, 사선 앞으로!"

지휘부와 전차장의 명령에 따라 10여 미터 앞으로 전진하여 전차를 세웠다. 이제는 이동표적을 쏠 차례이다. 제 아무리 명포수라고 하여도 당시의 장비로 이동표적을 정확히 꿰뚫기는 어려운 과정이다. 많은 포수들이 실점을 많이 하는 코스였다. 그러나 나는 믿었다. 아마 우리 차의 승무원들도 믿고 있었을 것이다. 15전차의 명포수 김 하사를. 포수로 보임 후 단 한 발도 외상포를 날리지 않았다는 그의 솜씨를.

"51호, 이동표적!"

지휘부로부터 명령이 하달되었다. 이어서 약 1,500미터 전방의 표적이 왼쪽으로 빠르게 움직이기 시작했다.

"포수 철갑탄! 이동표적!"
"장전 끝!"
"조준 끝!"
"발사!"
"쏴!"
"쾅!"
예의 명령과 복창 속에 포탄은 날아갔다. 그러나 아까와는 달리 나로서는 명중했는지 알 수 없었다. 표적이 이동하고 있었기 때문이었다.

"51호, 출발!"
지휘부의 마지막 명령이 떨어졌다. 이제부터는 우리 차의 승무원 스스로가 전차장의 지시와 명령에 따라 적진(?)으로 나가야 한다. 그야말로 5명의 승무원 모두가 일심동체가 되어야만 하는 '내 생명 전차와 함께'의 순간이었다. 나는 심장이 뛰는 것을 느낄 수 있었다.

나는 가속페달을 서서히 밟아 앞으로 나가기 시작했다. 100여 미터 앞으로 나갔을 때 갑자기 상반신의 표적 10개가 벌떡 일어섰다. 가상의 적병이다.

"전방사수, 사격준비!"

전차장의 명령이었다.

"준비 끝!"

전방사수는 캐르바30 기관총LMG-30의 노리쇠 후퇴 전진과 함께 간단하게 복창했다. 나는 이미 운행속도를 최대한 늦추고 있었다. 전방사수의 정확한 사격을 위한 조처였다. 고르지 못한 노면에 전차가 다소라도 흔들리면 조준사격도 아닌 지향사격의 기관총이 정확할리 없지 않은가? 그렇다고 차를 아예 세워 버리면 감점이기에 그렇게 할 수는 없다. 사격하는 동안 얼마나 차가 흔들리지 않고 천천히 갈 수 있느냐가 핵심이라고 할 수 있다.

"사격!"

"드르륵, 드르륵."

감을 잡기 위하여 전방사수는 서너 발씩 나누어 점사를 하고 있었다. 이어서 소리가 들렸다.

"드르르르르륵, 드르르르르륵."

당기기 시작하는 총소리였다. 점수는 50발을 쏘아 10개의 표적에 모두 1발 이상씩 명중해야 만점이다. 우리는 이미 수없이 훈련에 참가한 적이 있는 선임하사로부터 비밀리에 정보를 제공받았다. 50발이 아니라 70발씩 기관총에 걸어 놓고 사격해도 군단 지휘부는 긴가민가할 것이라고. 어떤 부대 녀석은 100발 이상 쏘다가 지휘부로부터 발각돼 0점 처리가 된 적도 있지만 지나치지만 않으면 군단 지휘부는 쉽게 파악하지 못한다고 하였다.

우리 차 전방사수 이 일병은 실업팀 축구선수로 뛰다가 입대하였는데 어찌된 영문인지 국군 체육부대가 아닌 기갑병이 된 친구다. 축구선수답게 각종 운동에 능통해서 소대별 각종 운동경기에 없어서는 아니 될 귀중한 보배였다. 또한 친화력이 강하고 유쾌한 성격이라 부대원 모두가 그를 좋아하고 있었다. 하지만 정작 전차에는 흥미가 적어 나의 직속 조수이자 차기 조종수로서 내 속을 가끔 태웠던 그런 친구였다.

사격이 다 끝나자 표적이 넘어갔다. 감적호에 투입된 다른 부대 병사들은 더도 덜도 없이 명중률을 지휘부로 즉각 무전으로 보고할 것이다. 우리 차는 다시 적진으로 전진하고 있었다.

〈계속〉

EMBC 614기

15전차
5소대원들과 함께

기갑병의
눈물 - 3

"51호, 빨리!"

예정에 없던 지휘부의 명령이었다. 내가 너무 신중을 기한 까닭
이다. 나는 조금 더 가속페달을 밟았다. 다음은 공축기관총**LMG-30**
을 쏠 차례였다. 공축기관총을 쏘는 자리까지 빠르게 이동하였다.
이윽고 전신모양의 표적이 멀리서 일어섰다.

역시 사격명령과 포수의 복창 속에 서너 발의 점사가 있은 후
50여 발의 기관총이 콩 볶는 소리와 함께 날아갔다. 공축기관총
은 전방사수의 기관총과 같은 캐르바30 기관총이다. 또한 조준경
을 통한 사격이므로 다소 수월하기도 한 과정이다. 포수와 탄약
수는 사격훈련을 할 때 주포의 방향과 일치되어 있는 이 공축(동
축)기관총을 통하여 사격술을 연마한다. 90미리 주포는 당시 포탄
하나에 돼지 한 마리 값이라 할 정도로 비용이 많이 들었기에 매

번 쏠 수는 없었다. 사격을 하는 동안 나는 차가 흔들리지 않도록 최대한 평탄한 길을 골라 운행하였다.

이제 마지막 과정만 남았다. 바로 전차 위에 있는 캐르바50 기관총의 사격이다. 탄약수는 밖으로 몸을 내밀어 탄약을 장전하고 전차장은 기관총을 움켜쥐었다. 전차에서 가장 명중률이 낮은 사격이다. 캐르바50은 총알이 굉장히 크고 두꺼운데 웬만한 차량 정도는 이 총만으로도 제압이 가능할 정도로 그 위력이 대단하다.

이 총은 명중률이 어려운 이유가 있다. 우선 차량의 맨 위에 있기 때문에 그 흔들림이 많아 정확한 조준이 어렵다. 또한 기관총의 위치가 사격하는 전차장의 바로 앞에 있는 것이 아니고 탄약수와 전차장 중간 애매한 위치에 있는 이유도 있다. 나는 도로의 왼쪽 가장자리로 차를 바짝 붙였다가 다시 사격 직전에 오른쪽으로 비스듬히 운전해 주어야 한다. 그래야 전차장이 왼쪽에 위치한 기관총을 사격하기가 편리해진다.

"따르륵, 따르륵…… 따르르르르륵."

나의 비스듬한 운전과 함께 캐르바50 기관총의 총소리가 귀청을 갈랐다. 우리 차 전차장인 이 중위가 제일 약했다. 53호차 전차장은 월남전 참전용사이며, 월남전에는 전차가 운용되지 않았고 대신 장갑차가 운용되었다고 하는데 장갑차의 주 화력은 바로 캐르바50 기관총인 까닭에 선임하사는 그야말로 백전노장인 셈

이다. 52호차 전차장인 김 중사는 선임하사와는 비길 바 안 되나 그래도 군대 짬밥이라도 있지 않은가?

전차병은 왜 이렇게 매 순간에 최선을 다하는가? 그까짓 점수가 덜 나오면 어떤가? 전장에서 주포로 승부를 짓는 전차는 최고의 포수들이 쏘는 주포의 명중률이 높지만 훈련에서는 기관총사격으로 점수가 갈리게 되므로 기관총 사격도 매우 중요하다.

한번 부여된 기갑의 주특기는 장군의 빽(?)으로도 바꿀 수 없다고 한다. 또한 보병장교 3명보다도 기갑병 1명을 길러내는 비용이 더 든다는 말처럼 기갑병의 명예와 자존심은 대단하다. 그리고 적에게 절대 질 수 없다는 승부근성이 기갑병의 특성이며 그렇게 훈련되고 길러지지 않았던가?

생각해 보라. 50톤 철갑의 전투장비를 다루는 병사가 어떤 정신 상태여야 하며, 그 장비를 손바닥 안의 물건처럼 다루기 위해서는 얼마나 많은 훈련이 필요한지를.

"후우우~"
모든 과정이 끝났다. 이제는 산등성이를 돌아 안전지대로 가서 기다리면 된다. 사격결과는 과정마다 즉각 무전으로 지휘부에 보고되었을 것이고, 만점인 'all 100'이 아니면 즉각 발표를 하지 않기 때문에 종합점수는 알 수가 없다. 그러나 all 100이면 안전지대에서 잠시 기다리는 동안 무전으로 결과를 발표한다.

전차장은 사격마침을 지휘부에 알리고 우리는 안전지대로 이동하여 정차하였다. 그곳엔 이미 수십 대의 전차가 우글거리고 있었으며 측정이 끝나 먼저 와 있던 다른 부대의 전차병들은 삼삼오오 모여 담배를 피운다든지 잡담을 하며 긴장을 풀고 있었다. 몇 대는 시동이 걸린 채였고 대부분은 시동을 끄고 있었다. 나는 엔진 시동을 끌 수가 없었다. 무전을 들어야만 했기 때문이며 우리 차 승무원 누구도 전차에서 내리지 않았다. '어쩌면 이번 훈련에서 최초로 all 100이라는 결과를 무전으로 들을 수 있을까?' 하는 한 가닥의 희망과 함께 이미 52호차가 출발하였기 때문이었다. 그러나 52호차가 중간쯤 진도를 내고 있기까지 all 100의 소식은 들려오지 않았다.

"all 100."
전차에서 내뿜는 모든 화력을 모두 명중시켰다는 말이다. 이 얼마나 자랑스럽고 가슴 벅찬 일인가. 표창장이나 부상 없이 고작 10일간의 포상휴가만 주어질 뿐이지만 최우수 전차로 선발된다는 것은 전차병 스스로 그리고 부대원이 인정해 주는 '최고'가 아니던가?

한참을 기다려 52호차가 사격을 끝내고 우리 차 옆에 대었다. 52호차 포수는 공업고등학교를 졸업하자마자 곧바로 군에 하사로 입대해 5년 이상 의무복무를 해야 하는 우리가 흔히 말하는 '말뚝'이었다. 부지런하고 눈망울이 초롱초롱한, 이제 막 어린티를 벗어난 하사였다. 하사 선배들에게도 귀여움을 받고 저보다 군 계급이 아래지만 나이는 서너 살 위인 우리 졸병들과도 잘 어울려 우리들에게 인기가 있는 친구였다. 52호차 역시 시동을 끄지 않고 아무도 차에서 내리지 않고 있었다.

긴장이 풀리니 담배도 피우고 싶고 오줌도 마려웠다. 우리 소대의 마지막인 53호차는 이미 출발하고 있었으며, 52호차의 all 100 무전 역시 들려오지 않았다.

"53호 전차."
월남전 참전용사로서 전차장인 오 상사를 필두로 부대 최고의 명포수인 이 하사, 그리고 나보다 4기 선임인 EMBC 610기 문 병장 등 당시 최고의 승무원으로 구성된 전차였다. all 100은 아니더라도 최고의 점수는 의심의 여지가 없는 막강 전차였다.

그러나 아무리 최고의 승무원인들 무슨 소용이 있으랴. 이번 훈련 출발 전 본대에서 발생한 화재를 진압하는 도중에 포수의 그 귀한 왼손가락 3개가 부서져 왼손에 깁스를 한 채 출전한 상태인 것을.

다시 한참을 기다려 산등성이를 넘어 온 53호차는 이미 기다리고 있던 51호와 52호 옆에 나란히 차를 대었다. 나는 오줌통이 터질듯 하였으나 나갈 수가 없었다. 우리 차 승무원이나 52호차 승무원 그리고 막 도착한 53호차 승무원 아무도 땅으로 내려오지 않고 있었다. 그리고 시간이 또 흘렀다.

"53호 전차, all 100!"
갑자기 지휘부로부터 무전이 날아들었다. 이번 훈련의 all 100을 처음 알리는 무전이었다. 나는 본능적으로 헬멧을 벗어 던지고 밖으로 나가 땅으로 뛰어 내렸다. 그 순간 우리 차 승무원과 52호차 승무원 전원이 함성과 함께 53호차로 달려갔다. 그들은 무슨 운동경기 할 때처럼 이미 스크럼을 짜고 있었으며, 달려간 우리들은 그들 뒤에 같이 합류했다.

그들은 아무 말이 없었다. 내가 문 병장에게 축하 인사를 건네자 그는 알아듣지 못하는 말로 대답하였다. 그가 울먹이고 있었기 때문이었다. 아니 그뿐만이 아니라 53호차 승무원이 함께 소리 없이 울고 있었던 것이었다. 나는 가슴 밑바닥에서부터 뜨거운 것이 올라왔다. 그리고 이내 눈시울이 붉어지기 시작했다.

그 이후로 군단 지휘부로부터 "all 100"의 무전소리는 더 이상 없었다.

〈끝〉

EMBC 614기

15전차 5소대원들과 함께

나는 여기서 우리부대 최고의 명포수, 아니 이제는 군단 최고의 명포수인 53호차의 포수 이 하사를 다시 조명하고자 하며, 53호차 승무원들이 왜 그렇게 감격스러워했고 같은 소대원인 우리들조차도 왜 그렇게 가슴 벅찼는가를 설명할 필요성을 느낀다.

보통 '기갑병' 하면 군기가 세고 과격한 것으로 알려져 있기도 하다. 차체만으로도 무기역할을 하는 전차는 평시 60여 발의 포탄과 휘발유가 가득담긴 전투장비이다. 그렇기 때문에 승무원들에게는 끊임없이 안전의식을 주입해야 하기에 엄정한 기강이 필요하다. 포수는 포수대로 조종수는 조종수대로 그 외 다른 보직의 승무원들도 마찬가지로 본인의 임무를 소홀히 하여 다른 승무원의 목숨이 위태로워지게 되는 상황을 만들어선 안 되는 무거운 책임감이 있다.

그리고 6·25 개전 초 T34 전차를 앞세운 북한군의 침공에 처참하게 밀린 전날의 아픔을 되풀이하지 않기 위하여 기갑병에게는 혹독한 훈련과 아울러 죽음도 불사하는 것이 '기갑병의 명예'임을 주입시키고 있다. 실제로 우리 전차병들은 전쟁이 발발하면 한날한시에 전차에서 함께 죽기로 묵시적으로 약속된 전우애가 있는 그런 병과이기도 하다.

포수는 침착하고 어떠한 상황에서도 흔들리지 않는 담대함이 있어야 한다. 그리고 무엇보다도 독수리같이 예리한 눈을 가져야 하며, 정확한 사격을 위한 섬세한 손이 있어야 한다.

이 하사.

그는 이미 화재사고로 왼손 팔꿈치부터 손가락 전체를 감싸는 깁스를 한 상태였다. 부득이 선임하사는 탄약수에게 포수의 임무를 부여하고 남은 며칠 기간 동안만이라도 부지런히 포술을 연마하여 측정훈련에 임하라고 지시한 바 있다. 우리는 그렇게만 알고 있었으며, 매우 안타깝게 생각하고 있었다.

그러나 평소 조용한 성격으로 말없이 임무에만 충실하던 이 하사에게는 매우 견디기 어려운 고통이었을 것이다. 그것은 손가락 세 마디가 부서진 아픔보다도 전차병으로서 가장 규모가 큰 측정훈련에 포수로서 당당히 참가하지 못하는 고통이 더했을 것이다.

그는 며칠 동안 숙고한 끝에 깁스한 왼손을 망치로 쪼아내어 엄지손가락만을 돌출시켜 사용할 수 있도록 했다. 부서진 손가락은 가운데부터 새끼손가락까지 세 마디이므로 엄지는 사용할 수 있었다. 엄지손가락은 사격장치의 버튼을 누르는 아주 중요한 손가락이었다. 그리고 왼손 전체를 쓸 수 없으므로 깁스한 왼손 전체를 포신의 상하를 조작하는 절륜기에 대고 고무줄 등으로 붙들어 매어 완벽하게 고정이 되도록 하였다.

이미 사격술에는 명포수란 칭호를 듣고 있는 그는 다만 깁스한 손과 절륜기의 감만 익히면 된다. 그리 쉬운 일은 아니지만 그는 사선에 올라 사격전까지 혼자 외롭게 연습에 연습을 거듭하였던 것이었다. 그리고 그 배후엔 그의 그러한 집념과 눈물겨운 투혼을 말없이 지켜보고 믿어준 백전노장의 전차장인 오 상사와 같은 호차 승무원들이 있었다.

기본과
습관

– 바르고 건강한 삶을 위해

정리정돈을 철저히 하라

어수선한 사람은 정신도 어수선하다. 내 책상, 옷장 등 주변부터 깨끗이 정리정돈하라. 현재도 그렇지만 미래에도 신용 있는 사람만이 인정받을 것이다. 그 출발은 정리정돈에 있다.

책상에 앉아라

책상은 공부하는 장소만이 아니다. 책상은 생활의 공간이다. 꿈꾸고 고민하는 것까지도 책상에서 하라.

신문을 정독하라

세상의 모든 것은 신문 속에 있다. 관심 없는 분야는 물론 광고·공고까지도 정독하는 습관을 가져라. 이왕이면 경제신문을 읽어라.

일주일에 책 한 권 읽어라

이 세상의 그 누구라도 책보다 훌륭한 스승은 없다. 훌륭하고 성공한 사람들의 공통점은 독서였음을 유념하라. 부담 없고 쉬운 책일지라도 2번 이상 읽어라.

일찍 자라

일찍 자야만 일찍 일어날 수 있다. 특별한 직업과 이유가 아니라면 밤늦은 활동은 좋은 일보다는 나쁜 일에 휩쓸릴 확률이 농후하다.

게임하지 마라

컴퓨터나 스마트폰 등을 이용한 게임은 절대 하지마라. 귀중한 시간을 낭비하는 행위를 넘어서 중독으로 가는 출입문이다. 몰두해야 할 일은 따로 있다.

칭찬하고 또 칭찬하라

단점 없는 사람 없고 장점 없는 사람 없다. 사소한 장점이라도 칭찬하고 또 칭찬하라. 특히 그 사람이 없는 자리에서 더 칭찬하라.

유연하게 생각하라

고집부리지 말며 확실하다고 단정 짓지 마라. 네가 안다고 확신하는 것은 빙산의 일각일 뿐이다. 세상의 모든 일들은 유연하게 대처해야 할 일들이 더 많다.

사소한 일에 목숨 걸지 마라

사소한 일에 목숨 걸지 말며 작은 이익을 두고 다투지 마라. 이겨도 얻는 것은 없다. 양보가 이기는 것이고 곧 얻는 것이다.

돈 거래를 하지마라

우리사회는 가까운 친구나 친지들과의 돈 거래는 상환의지가 희박한 현실이다. 차라리 감내할 정도에서 그냥 주는 것이 낫다.

어려운 처지의 친구에게 밥을 사라

배고플 때 따뜻한 밥 한 그릇은 나중에 수십 그릇이 되어 돌아온다. 밥 사고 생색내지 마라.

남이 말할 때 귀 기울여라

남이 말할 때 중간에서 자르지 마라. 끝까지 다 들어라. 그리고 맞장구를 쳐 주어라. 그것이 네가 말 잘하는 비결이다.

어려운 일을 하는 사람에게 친절하라

어렵고 궂은일 하는 사람에게 감사하는 마음을 가지고 고맙다는 인사를 하라. 그들은 지금도 너를 위해 애쓰고 있다.

종교에 심취하지 마라

종교 자체는 훌륭한 것이다. 그러나 잘못된 종교 지도자나 그 주변 종교인들이 훌륭하게 포장된 경우가 많다. 조심할 일이다.

신·언·서·판

사람을 평가하는 기준이지만, 반대로 네가 평가 당하는 기준이기도 하다.

봉평
여정

아침 일찍 눈을 떴습니다.

오늘은 우리 사회복지과 워크숍을 가는 날입니다.

사실은 단합을 위해 놀러가는 날입니다.

배낭이며 색안경 등을 챙기는 손이 서두르고 있습니다.

나이를 먹어도 어디를 간다고 하면 들뜨기는 마찬가지인가 봅
니다.

만나기로 한 약속장소로 나왔습니다.

서무주임은 벌써 부지런히 왔다 갔다 이것저것 챙깁니다.

마음도 수정 같습니다.

과장님도 일찌감치 오셨습니다.

아무래도 과장님도 들뜬 것 같습니다.

다 왔나? 다 왔습니다.

가겠다고 한 사람이 모두 모였습니다.

운전은 문종선 주임과 오태환 주임이 합니다.

든든합니다.

드디어 출발합니다.

힘은 조직(?)에서 나옵니다.

조직은 소속원간 단합으로 이루어집니다.

단합은 서로 간의 정과 신뢰가 바탕입니다.

정과 신뢰는 내 몫보다는 상대를 먼저 배려하는 것이기도 합니다.

오늘 워크숍의 이유를 소박하게 생각해 봅니다.

중부고속도로를 지나 영동고속도로로 갑니다.

강원도의 속살을 보려면 국도를 타야 하는데 시간 때문에 고속도로로 갑니다.

초록과 연녹색 나무들이 몽글몽글 다가왔다가 멀어져 갑니다.

강원도는 내 고향입니다.

언제 와 봐도 좋습니다.

오늘 여정은 내가 제안했습니다.

여러 번 와 봐서 잘 알고 있습니다.

모두들 즐거워야 할 텐데 걱정이 됩니다.

제일 먼저 방아다리 신 약수에 들렀습니다.
물맛이 시큼합니다.
그래도 몸에 좋다니 벌컥벌컥 들이킵니다.
다들 한 잔씩 마셔봅니다.
인상은 찡그리지만 기분은 좋은가 봅니다.

이승복 기념관에 들렀습니다.
이승복에 대해서는 어려서 귀가 따갑게 들었습니다.
나이 어린 직원들은 잘 모를 수도 있겠다 싶습니다.
입장료가 공짜라 좋습니다.

드디어 오늘 여정의 백미인 운두령송어집에 왔습니다.
가끔씩 찾는 곳이지만 음식 맛이 예술입니다.
아마도 여행의 즐거움과 깨끗한 공기, 좋은 사람들과의 동행 때
문일 것입니다.

정갈한 밑반찬이 먼저 나옵니다.
이어서 송어회가 나옵니다.
이리저리 비비고 적당히 섞었습니다.

입에 가득 물고 씹어봅니다.
어라? 그냥 녹아서 없어집니다.
다시 한 번 먹어 봅니다.

마찬가지입니다.

우아하게 한 쌈 싸는 과장님도 입속에서 녹아버린 모양입니다.
다들 조용합니다.
입속에서 녹아버린 모양입니다.

공기 밥을 엎어 함께 비빕니다.
서울의 회덮밥과는 차원이 다릅니다.

또 출발합니다.
이번에는 봉평 5일장과 일대를 둘러봅니다.
촌스럽습니다.
소박합니다.
정겹습니다.

이곳 사람들 이효석 땜에 먹고사는 것 같습니다.
소설의 제목과 소설 속의 "소금을 뿌려 놓은 것 같다."고 묘사
한 한 구절이 이렇게 동네를 각광받게 만들고 있다는 것이 놀랍
습니다.
가산의 고향과 소설 속의 무대가 이곳이라 절묘하게 맞아떨어
졌습니다.

우리에게는 선사시대가 있습니다.

우리도 축제 때 '선사음식 체험'이라는 것을 해보면 어떨까? 하고 생각해 봅니다.

다이어트에도 좋을 텐데 말입니다.

흥정계곡의 허브나라농원으로 갑니다.

입장료가 무지하게 비쌉니다.

이 산골에 어떻게 이런 걸 만들 생각을 했을까? 생각해 봅니다.

주인장의 기발한 생각에 감탄합니다.

장평으로 왔습니다.

이곳에는 절친한 고교동창이 있는 곳입니다.

사실 송어횟집이며 이곳의 주요 명소들은 녀석이 추천한 곳입니다.

녀석과는 추억이 있습니다.

나만 알고 있는 추억입니다.

당시 나는 군대를 제대하고 직장을 구하기 위해 동분서주하고 있었습니다.

처음 포항제철에서 2차 신체검사에서 떨어졌더랬습니다.

다시 쌍용시멘트에서 2차 신체검사를 마치고 마음을 졸이고 있었습니다.

제천에서 만났습니다.

나는 매우 경직되어 있었습니다.

친구는 내 어깨를 두드리며 밥 먹으러 가자고 합니다.

친구도 제약회사 영업사원으로 막 취직해서 이곳저곳을 돌아다니고 있었습니다.

나는 빈털터리에 백수였습니다.

시장통의 순대국밥이 맛있다며 녀석이 앞장섭니다.

순대국밥을 처음 만난 걸로 기억됩니다.

진로소주도 한 잔 곁들였습니다.

정말 맛있었습니다.

지금도 순대국밥을 보면 가끔 그 친구가 생각납니다.

늘 고마운 친구입니다.

장평메밀막국수집에 도착했습니다.

이 근방에서는 꽤 알아주는 곳입니다.

막국수며 메밀전이며 전병 등을 시켰습니다.

맛있습니다.

사람들은 메밀음식을 별미로 먹습니다.

그러나 강원도 사람에게는 서러운 음식입니다.

화전이나 비탈 밭의 가장자리에 뿌려진 하찮은 곡식입니다.

주식도 아니고 그렇다고 간식도 아닙니다.

먹어도 먹어도 헛헛한 음식이 메밀이었습니다.

제대로가 아니다하여 접두사 '막'을 붙여 막국수라고 합니다.

이제는 서울로 갑니다.

기꺼이 운전을 자원한 주임들이 고맙습니다.

그렇습니다. 모든 조직은 누군가의 희생으로 유지됩니다.

서울 도착하면 생맥주라도 한 잔 사줘야겠습니다.

서울에 도착했습니다.

즐거웠나? 즐거웠어! 내가 묻고 내게 대답합니다.

오늘 나들이가 단합을 위한 마중물이 되었으면 좋겠다고 생각
해보았습니다.

연식이 좀 돼서 피곤합니다.

잠이 옵니다.

잠을 잡니다.

2012. 5. 12
심재훈

사회복지과 직원들,
봉평에서

어항(어포기)으로 피라미 잡기

무더운 여름입니다.

시원하게 여름을 즐길 수 있는 방법으로 저는 물가에서 피라미를 잡는 것을 추천합니다. 물가에서 피라미를 잡다 보면 시원하기도 하고 재미도 있어서 시간 가는 줄 모릅니다. 사람마다, 방법에 따라 다를 수 있지만 필자의 수십 년의 경험(?)을 통하여 축적된 '어항으로 피라미 잡는 비급'을 공개하고자 합니다.

1. 왜 어항인가?

민물에서 고기를 잡는 방법은 사람마다 다양합니다. 그리고 고기 잡는 방법에 따라 성과(?)도 다릅니다. 한 가지 중요한 사실은 고기를 잡기 위해서는 각자의 방법에 몰두하여야 하며 그렇게 되면 한 여름의 뜨거운 햇빛은 피할 수 없다는 것입니다. 뜨거운 햇빛을 피할 수 있는 방법은 없을까요? 있습니다. 바로 어항입니다.

1-1. 편리하고 경제적이고 간단합니다.

어항은 적당한 장소에 묻어놓고 2~30분 간격으로 살피면 됩니다. 나머지 기다리는 시간은 시원한 그늘에서 먹고 마시고 얘기하고 놀면 됩니다.

1-2. 친환경적입니다.

기본적으로 맑고 깨끗한 자연이 우리에게 주는 혜택을 고마운 마음으로 즐겨야 됩니다. 물가라는 자연환경을 이용하여 가족이나 지인들과 하루를 즐겁게 보내는 것이 목적이지 고기잡이가 목적이어서는 곤란합니다. 가끔 투망을 이용하여 민물고기를 마구잡이로 잡는 사람을 볼 수 있습니다. 물론 현재 투망은 불법이기도 하지만 필자는 자연환경을 소중하게 배려하지 않는 그러한 물놀이 행위를 경멸합니다.

1-3. 소중한 추억이 됩니다.

당신의 자녀에게 어항을 이용하여 물고기를 잡는 방법은 자연에 대한 마음가짐과 즐길 줄 아는 여유를 알려줄 것입니다. 그것은 자녀에게 충분히 좋은 추억이 될 것입니다. 당신은 물고기 잡이에 몰두하느라 자녀와 추억을 충분히 쌓지 못하는 것보다 여유롭게 어항을 묻어두고 이런 저런 이야기를 나누며 자녀와 추억을 쌓는 것을 선택하지 않으시겠습니까?

2. 준비물

2-1. 어항(어포기)

유리어항, 플라스틱 어항, 비닐+플라스틱 어항, 새우그물망 등 어항도 그 종류가 다양합니다. 저는 '비닐+플라스틱'으로 된 어항을 권합니다. 개당 2~3,000원의 가격으로 낚시점에서 구입할 수 있습니다.

2-2. 떡밥

들깨 깻묵의 떡밥을 사용하는 것이 좋습니다. 봉지당 2~3,000원 정도하며 낚시점에서 구입할 수 있습니다. 저는 주로 '신장떡밥'을 사용합니다.

2-3. 살림망

물고기를 잡으면 일정시간 살려 둘 필요가 있기에 적당한 그물코를 고르는 것이 좋습니다. 잔챙이마저 잡아서는 곤란합니다. 송사리 정도는 스스로 빠져 나갈 수 있도록 된 것이 좋은데 그렇다고 큰 붕어만 잡을 수 있을 정도로 그물코가 큰 것을 고르면 곤란합니다. 살림망 역시 낚시점에서 구입할 수 있습니다.

2-4. 기타 준비물

떡밥을 반죽할 그릇, 살림망을 꽂아 둘 낚싯대 받침대, 살림망

대체용 양파망, 플라스틱 시장바구니, 약간의 소금(집에까지 고기를 가져올 필요가 있을 때 배를 딴 피라미에 소금을 약간 쳐 두면 상하지 않고 집까지 가져올 수 있음).

3. 어항 놓기 실전

3-1. 최적 장소

우선 고려해야 할 점은 물고기 입장에서 생각해 보아야 한다는 것입니다. 물 흐름이 너무 센 곳은 고기가 오르려고 할 것입니다. 물이 너무 고인 곳은 물이 탁해서 고기도 싫어할 것입니다. 고기가 자유롭게 노닐 수 있는 무릎 정도의 깊이에 적당한 물 흐름이 있어야 좋겠습니다. 또 물이 너무 많은 강의 본류보다는 본류와 인접한 새 물이 흐르는 지류가 좋겠습니다. 높고 깊은 산이 있어 일정량의 수량이 안정적으로 흐르는 곳은 물빛이 맑기도 합니다. 또 사람들이 텀벙거리는 번잡한 장소는 금물입니다. 물고기들이 놀라서 잘 모이지 않기 때문입니다. 한적한 냇가를 가로지르는 지방 국도의 다리 밑의 부근이 최적의 장소입니다.

3-2. 어항 놓는 요령

대게 어항을 놓기 전에 꼭 돌멩이로 둑을 쌓는데 이것은 일반적인 오류입니다. 물고기가 놀 수 있는 공간 확보만 되면 둑은 더 이상 의미가 없습니다. 물론 경우에 따라 물살이 강할 경우 둑이 필요할 수도 있고, 물 흐름이 너무 완만하다면 둑이 필요 없을 수도 있습니다. 둑은 상황에 따라 만들면 되는 것이지 반드시 만들어야 하는 것은 아닙니다.

어항의 입구(고기 들어가는 곳)는 물의 흐름과 마주 보게 하고 어항 속에는 공기방울이 절대 없어야 합니다. 지지하는 끈은 단단하게 고정되어야 하고 어항 놓은 자리는 주변보다 깨끗이 합니다. 비석 모양의 적당한 돌을 골라 떡밥을 붙인 다음 입구와 마주 보게 고정시킵니다.

어항 자체에 떡밥을 붙이는 경우도 있는데 이 방법은 고기 개체 수가 많은 곳에서는 가능하지만 고기 개체 수가 적은 곳에서는 힘듭니다. 필자의 경험으로는 비석에 떡밥을 붙인 방법이 효과가 컸습니다. 어항 속에 밤알 크기의 떡밥을 넣는 경우도 있는데 이 역시 굳이 권할 바는 아닙니다. 고기의 눈에는 비석에 붙인 떡밥만이 보여야 효과가 있습니다. 피라미는 물속 생태계의 아래에 있어 겁이 많아 무리를 지어 다니며 제풀에 놀라 갑자기 방향을 바꾸기도 하는데 비석에 붙은 먹이를 먹다가 갑자기 뒤로 돌아 어항 속으로 들어가는 경우가 많습니다.

3-3. 최적시기

계절로 본다면 보리이삭이 누렇게 되는 6월 중순경부터 8월 중순경까지 즉 사람들이 물놀이 하러 많이 가는 시기와 일치합니다. 물론 그 이전이나 이후도 가능합니다만 그때는 물이 차가운 시기이기에 물에 들어가기는 좀 어렵습니다.

아침, 저녁에 물고기들이 먹이 활동을 주로 하기에 아침, 저녁에 하는 것이 가장 좋습니다. 물론 개체 수가 많으면 시간과 상관없이 대낮에도 잘 잡힙니다. 가끔 대낮에 이슬비가 오는 경우 이때 물고기도 헷갈리는 모양인지 낮에도 잘 잡히기도 합니다.

4. 피라미 요리 편

각자의 방법이 있을 것으로 생각되어 간단하게 서술합니다. 피라미 요리의 관건은 피라미의 머리입니다. 피라미는 작아서 머리를 제거하지 않고 요리하는 경우가 많은데 머리가 씹히게 되면 먹는 즐거움을 반감시킬 수 있습니다. 그렇다고 머리를 일일이 떼어버리자면 시간이 걸리니 튀김의 경우 바삭하게 튀길 것을 권합니다. 사실 피라미 매운탕은 별로입니다.

4-1. 매운탕

생략합니다.

4-2. 도리뱅뱅이

피라미 배를 따고 물기를 없앤(물기가 있으면 튀길 때 기름이 함께 튐)

다음 ①기름에 완전히 튀기거나 ②프라이팬에 고기를 가지런히 놓고 기름을 잠길 정도로 흠뻑 넣어 튀깁니다. 고기를 튀길 때에는 뒤적이지 말고(부스러지므로) 특히 머리가 완전히 익어야 하므로 노릇노릇하게 튀깁니다. ③튀겨진 고기를 프라이팬에 고루 깔아 놓고 미리 양념된 장(소스)을 얹어 다시 한 번 굽습니다.

4-3. 피라미 튀김

위의 도리뱅뱅이 요리에서처럼 1차로 초벌튀김 후 튀김가루를 입혀 2차 튀깁니다(1차 튀김에서 노릇노릇하게 튀겨야 되며 특히 머리 부분을 완전히 튀김).

5. 기타

물고기는 딱 먹을 만큼만 잡습니다. 잔챙이는 살려 줍시다.

음식은 먹을 만큼만 가져가고, 음식점에서는 먹을 만큼만 주문하여 남기지 맙시다.

조용하게 놀고, 과도한 음주는 삼갑시다.

놀던 자리는 깨끗하게 치웁니다.

주변의 농산물을 구입하여 농가경제에 도움을 줍시다.

심재훈
입니다

얼마 전 너무나 뜻밖의 소식을 접했습니다.

이번 강동아카데미 특강시간에 도종환 시인께서 우리 구를 방
문하여 강의를 하니 희망하는 직원들은 참가하라는 소식이었습니
다. 이렇게 친구인 도종환 시인과 갑작스럽게 재회하게 됐습니다.

꽤 오래되었습니다.

고교 졸업 30주년 행사 때 원주에서 잠깐 본 것과 간간이 시인
으로서 언론에 노출된 소식을 듣는 것 외에는 따로 만나거나 연락
하지를 못했습니다.

아주 오래 된 기억들이 떠오릅니다.

원주 태장동 둑방길 옆에 살았던 추억들 말입니다.

당시 우리 동네에서 원주고를 다니던 학생은 종환이와 저 둘뿐

이었습니다.

종환이는 먹물이 떨어지면 금방 번질 것 같은 그런 순백색 한지 같은 친구였습니다.

또 늘 꿈을 꾸던 친구였지요.

고3 후반부 무렵 서울의 명문대를 진학할 실력이 있음에도 청주로 가야겠다는 말을 듣고 저는 의아했습니다. 과 수석이라도 해서 장학금을 받으면 대학을 다닐 수 있지 않겠느냐는 종환이의 말을 듣고서야 수긍하였습니다.

가난하기는 종환이나 저나 다르지 않았습니다.

대학 진학을 진즉에 포기한 저는 고교 졸업 후 서울로 무작정 상경하였습니다.

얼음공장, 스웨터 제조공장, 벽시계외판원, 군대, 사우디 4년, 그리고 결혼. 그 기억들이 제 젊은 날의 모습들입니다.

저는 종환이와 같이 목표나 꿈이 없었음을 후회합니다.

우연한 기회에 서울시 시험을 치러 구로구청에서 시작한 30년 공무원 생활이 이제 강동구청에서 마감되려고 합니다.

"사람이 아름다운 강동"

이것이 강동구의 비전입니다.

"앞으로 잘 해 보자"는 등의 다른 지자체의 목표와는 확연하게 다릅니다.

  이러한 목표는 구청장의 마음에서 비롯되었으며 그것은 그가 바라보는 곳입니다.

  어쩌다 직원을 대상으로 한 특강시간에 그가 좋아하는 시를 인용하는 것을 보면 구청장이 얼마나 시심詩心이 깊은지를 알 수 있습니다. 아마도 이번 도종환 시인 특강이 있게 된 연유도 시라는 공통된 것이 있지 않았나 짐작해 봅니다.

  이번에 종환이는 국회의원이 되었습니다.

  학생시절의 순백의 마음 그리고 시를 통하여 표현된 아름답고 따뜻한 마음 그대로 세상을 살펴주기를 기대합니다.

  그리고 이번 강동아카데미 "도종환 시인의 시에게 길을 묻다"가 우리 직원들과 구민들에게 많은 희망과 꿈으로 전해지기를 희망합니다.

  어려서 종환이와 이웃에 살았고 그와 동창이라는 것이 자랑스럽습니다.

2012. 6.
심재훈

어떤
실수

"명 대리! 무슨 고민 있나?"

권 부장은 점심식사를 마치고 사무실에 들어와 자리에 앉으면
서 부하직원인 명 대리를 보고 말했다. 보아하니 명 대리는 점심
식사도 거른 모양으로 양손을 머리에 대고 고개를 푹 숙이고 자리
에 앉아 있었다.

"아뇨……."

명 대리는 힘없이 대답했다.

"그래도 그렇지, 벌써 몇 달이 지났는데. 이제는 훌훌 털고 일어
서야지. 딸린 식구들을 생각해서라도 말이야. 요새 며칠은 더 하
단 말이야……."

권 부장은 명 대리가 얼마 전에 돌아가신 아버지 때문에 아직도

슬픔에서 헤어나지 못하고 있는 것이라고 생각했다.

　명 대리는 직장에서 뛰어난 성과를 올리진 못했지만 타고난 성실함과 부지런함으로 사무실 안팎의 일을 내 일처럼 함께하는 직원이었다. 또한 명 대리는 갓 돌잡이 아들을 둔 터라 부인도 직장을 그만두어 생활이 팍팍했겠지만 전혀 내색하지 않고 명랑하게 지내고 있었다. 권 부장 역시 강원도 산골출신으로 어려운 시절을 보낸 자신의 과거가 떠올라 명 대리를 보면 왠지 모르게 정이 가는, 막둥이 같은 부하 직원이었다.

　오후 일과가 바쁘게 돌아가고 잠시 여유로운 시간이 들 즈음, 밖의 거래처 일을 마치고 사무실로 명 대리가 들어왔다. 그는 힘없이 가방을 내려놓으며 권 부장에게 간단히 목례만 하였다. 전에 같으면 힘차게 "부장님 다녀왔습니다!" 하며 어쩌고저쩌고 미처 묻기도 전에 보고를 하던 친구였는데…….

　"명 대리! 저녁에 시간 있나? 나하고 쐬주나 한잔 할까?"
　권 부장이 명 대리를 불러 조용히 물었다.

　"예……."
　전과는 다르게 잠시 뜸을 들인 명 대리가 힘없이 대답하였다.

　"가세나!"
　퇴근시간이 조금 지난 오후 6시 30분, 잔무처리에 열중인 다른 직원들을 뒤로하고 권 부장과 명 대리는 조용히 사무실을 빠져 나왔다.

"이 집 감자탕은 말이야, 다른 곳하고 달라, 육수에 들깨를 갈아 넣어서인지 국물이 아주 끝내줘. 다 먹고 밥을 비벼 먹으면 속도 든든하지. 명 대리는 처음 와 보지?"
살점이 포실한 감자탕이 두 사람 앞에서 먹음직스럽게 보글보글 끓고 있었다.

"자! 우선 한 잔씩 하자고."
권 부장은 먼저 명 대리의 잔에 소주를 그득 채우고 자기 잔에도 채웠다.

"그래, 아버지 생각이 많이 나지? 나도 말이야, 아버지 제사 때에는 아버지 생각에 동생들 모르게 눈시울이 붉어지곤 하지. 지금까지 살아 계셨다면 좀 더 잘 해드릴 텐데 말이야. 당신 살아계실 때는 왜 그렇게 아버지와 대립했는지 몰라."
권 부장은 후회하는 듯 낮은 목소리로 웅얼거렸다.

"사실은 말이에요……."
안주도 제대로 먹지 않은 명 대리는 몇 잔 소주를 거푸 들이키더니 어렵게 말문을 열기 시작했다.

"어제 경찰에서 전화가 왔었는데요. 문서 위조를 했으니 조사를 한다고 경찰서에 출두하라는 거예요. 그래서 아까 낮에 출장 간 것이 아니라 사실은 경찰서에 가서 조사 받고 왔습니다."

"뭐라고? 자네가 무슨 문서를 위조했길래? 자세히 얘기해 봐!" 권 부장은 일순간 긴장이 되어 대답을 재촉했다.

"권 부장님! 몇 달 전에 저희 아버지께서 돌아가시지 않았습니까? 그런데 아버지가 끌고 계시던 고물차가 있었는데 집안에서 그 차를 가질 사람도 없고 저는 제 형편에 기름 값이다 보험료다 감당할 수 없어서 중고차 매매상에게 팔아 버렸습니다. 그때 아버지 인감증명서가 필요하다고 해서 아버지 신분증과 인감도장을 가지고 동사무소에서 인감증명서를 떼어 그 매매상에게 건네 준 것이 사문서 위조라네요. "죽은 사람이 어떻게 자기 인감증명을 떼라고 위임을 해 줄 수 있겠나?"고 하면서……."

명 대리는 낙담한 표정으로 술잔만 바라보며 말을 이었다.

"아버지 돌아가시고 한 달쯤엔가 동사무소에 사망신고를 했었는데, 경찰에서는 동사무소 직원이 고발했으니 부득이 법대로 조사해서 검찰로 송치해야 하며, 이는 형법 제231조 사문서 위조의 죄로서 5년 이하 징역이나 1,000만 원 이하의 벌금에 해당된다고 하더라고요. 그리고 담당자가 하는 말이 진작부터 동사무소는 전산시스템이 완비되어 사망신고서를 접수하면 언제 어디서 누가 몇 통의 인감을 떼어 갔는지 사망일자와 사망신고 기간을 따져서 그 기간 중에 인감증명이 발급되었으면 의무적으로 고발한데요. 전, 정말 죄가 되는 줄 몰랐고 그나마 고물차를 팔아 받은 70만 원도 아버지 장례비에 보태 썼는데 말이죠…….”

소주를 단숨에 들이켠 명 대리의 눈에는 눈물이 그렁그렁하였다.

“명 대리 너무 걱정 마! 하늘이 무너져도 솟아날 구멍이 있다고 하지 않는가? 그리고 일부러 알고 그런 것도 아니고 몇 푼 되는 것도 아닌데, 처벌은 무슨 처벌! 너무 걱정 마!”
권 부장은 큰일이구나 싶으면서도 일단 안심을 시키기 위하여 큰소리로 위로하였다. 그리고 옛날의 일이 떠오르기 시작하였다.

학교를 졸업하고 갓 직장에 취직하여 첫 명절을 맞아 의기양양하게 시골에 내려간 권 부장은 아버지로부터 뜻밖의 소식을 들었다. 그것은 가깝게 지내던 안골 최씨 아저씨가 친구의 대출보증을 잘못 서는 바람에 살던 집과 논이 경매에 들어가 한 순간에 빈털터리가 되어 쓸쓸히 고향을 떠났다는 소식이었다.
보증을 잘못 선다는 것이 얼마나 무서운 것인지, 그때 명절을 쇠러 고향에 들렀다가 동사무소에서 근무하는 고등학교 동창을 만나 자세히 물어보고 완벽하게 깨우쳤다. 권 부장은 잠시 생각에 잠기다가 말을 이었다.

"이봐! 명 대리 자네는 지금 비싼 수업료를 내고 있네. 지금부터 내가 그 수업의 마무리를 해 줌세. 수업료는 필요 없네."

"자 한 잔씩 하지."
권 부장과 명 대리는 숨을 고르며 소주를 들이켰다. 벌써 소주 한 병을 다 비워 가고 있었다.

"자네는 약속을 하면 꼭 지키는가?"
권 부장은 뜬금없이 물었다. 그리곤 명 대리의 대답을 기다리지도 않고 말을 이었다.

"약속에는 말이야 지키지 못할 약속도 있고 반드시 지켜야 할 약속이 있지. 예를 들면 '나하고 결혼하면 행복하게 해줄게.'라든지 '지금은 반에서 30등이지만 다음 학기말 시험에는 반드시 1등 하겠습니다.' 또는 '아버지 어머니 이 다음에 성공해서 꼭 호강시켜 드리겠습니다.' 이런 약속은 혹 지키지 못하더라도 그리 문제될 것이 없지. 그러나 '인감도장을 찍어 준 약속'은 하늘이 두 쪽 나도 꼭 지켜야 할 약속이지. 그렇다면 이 인감도장이 매우 중요하다는 말인데, 오늘 이 기회에 인감의 중요성에 대하여 자세히 알아 둘 필요가 있네. 그리고 인감의 중요성을 학교에서 가르쳐 준 적도 없고 요새는 인감이 뭔지 일부러 알고자 하지 않는 한 누가 자세히 가르쳐 주지도 않아서 문제란 말이야."

권 부장은 목이 타는지 냉수를 한 잔 마시고는 다시 말을 이었다.

"너무 유치한 질문이라고 흉보지 말게나, 자네는 도장, 날인, 서명, 싸인, 지장의 용어에 대해서 정확히 구분하여 설명할 수 있겠나?"

"권 부장님, 제가 아무리 머리가 나쁘고 사회경험이 별로 없지만 그 정도도 모르겠어요? 다 의사표시 수단의 다른 말이지만 결국은 같은 말 아닙니까?"
　명 대리는 시큰둥하게 대답하였다.

"미안하네. 자네를 무시해서가 아니라 용어의 정확한 개념을 정립하자고 한 말이니 너무 섭섭하게 생각하지는 말게. 내가 한번 읊어 볼 테니 자네가 생각한 것과 일치하는지만 속으로 생각하게."

"자, 그러면 먼저 도장은 또 다른 말로 인장이라고도 하며, 막도장, 목도장, 인감도장이 있지. 막도장이나 목도장은 책임 없는 간단한 의사표시나 신청서 등에 주로 쓰이고 나무로 한 5,000원 정도 주면 팔수가 있지. 그리고 인감도장은 별도로 설명하기로 하고."

"다음 날인, 서명, 싸인, 지장은 비슷한 말이긴 하지만 우리말로 풀어보면 날인은 도장을 찍다. 서명은 이름을 쓰다. 싸인은 영어

인데 날인과 같은 말이지만 이 말은 쓰지 말아야 할 용어이고 지장은 손가락 도장이라고 이해하면 된다네. 어떤가? 너무 유치한가?"

권 부장은 괜히 설명했나 싶어 명 대리를 바라보았다.

"아닙니다. 그런데 왜 싸인이라는 말을 쓰면 안 되나요? 실제로 가장 많이 쓰는 말인데요?"

"음 그것은 말이야, 영어를 쓰는 민족들은 그 영어의 알파벳으로 자기 이름을 쓰면 꽤 길단 말이야. 그러다 보니 자기의 글씨체로 자기의 이름을 쓰는 싸인은 자기만이 쓸 수 있으므로 다른 사람이 똑같이 쓰기가 여간 어렵지 않지. 그러니 그 싸인이 우리의 인감도장의 역할을 하기도 하고 말이야."

"그리고 자네는 알까 모르겠지만 내가 젊은 시절에 본 알랑들롱 주연의 〈태양은 가득히〉란 영화 속에서 주인공이 친구를 죽이고 그 친구로 가장하여 친구의 싸인을 위조하기 위하여 부단히 연습하는 장면이 생각난다네. 그 친구 행세를 하려고 말이야."

"이건 개인적인 생각인데 말이야, 우리나라에는 잘못 전해져서 자기 이름을 자기 필체로 써야 하는 즉, 서명을 하여 누구나 알아볼 수 있어야 하는데, 어떤 사람은 요상한 그림이나 형상을 그려서 자기의 싸인이라고 하는데 이는 잘못된 것이라고 봐. 따라서 관공서나 은행에서는 '싸인하세요!' 대신 자기 이름을 자기필체로 쓴 '서명하세요!'라고 말해야 하는데 말이야."

"권 부장님 오늘 공부 톡톡히 하는데요? 우선 한잔 더 하신 다음 그 중요한 인감에 대해서 가르쳐 주세요."

"그래, 이제 진짜 중요한 인감으로 들어가 볼까? 자, 마시지!"

명 대리는 이미 권 부장의 강의에 깊숙이 빠져 들고 있었다.

"우선 이름 석 자가 새겨진 도장을 동사무소에 등록시켜야만 그 도장을 인감도장이라고 하고 그 인감도장이 틀림없다는 증명서를 인감증명서라고 하지."

"오직 동(읍면구군청)사무소에서만 발급한 인감증명서가 공시효과로서 공신력이 인정되며 이는 모든 관공서나 은행에서 인정해 준다네. 이러한 인감제도는 세계적으로 몇 안 되어 일본, 대만 등의 나라에서 사용하는 제도로 어찌 보면 합리적이기도 하지만 개인과 개인 간의 계약관계를 국가가 개입해 불합리적이라는 여론이 있기도 하지. 아무튼 이러한 인감제도는 내가 처음에 얘기한 그 '하늘이 두 쪽 나도 지켜야 하는 약속'에 사용토록 한다네."

"아까 자네가 돌아가신 아버지의 인감증명서를 대신 발급받고 인감도장으로 아버지의 고물자동차를 매매상에게 넘겨 문제가 되지 않았는가? 자네가 잘못인지 몰랐듯이 그 매매상도 차 값이 얼마 안 되니 대수롭지 않게 이전 받았을 걸세. 이는 자네가 대수롭지 않게 생각하듯이 우리나라의 많은 사람이 하는 실수 중의 하나이지."

"그러나 만약에 아버지의 집과 땅을 그런 식으로 매각한다면 그 부동산을 사는 사람이 그냥 넘겨받고 돈을 줄까? 부동산 매입자는 반드시 자네의 아버지와 얘기를 나눈 후 확고한 아버지의 의사를 확인하고 매매계약서에 인감도장을 찍고 인감증명서를 반드시 받고 나머지 잔금을 치를 걸세."

"즉, 조금 전 얘기 한 '하늘이 두 쪽 나도 지켜야 하는 약속'이 바로 인감도장을 찍고 인감증명서를 건네주는 행위란 말일세."

명 대리는 사실 조급하였다. 자신이 처한 상황에 대해서 빨리 해결책을 제시해 주면 좋으련만 권 부장은 빙빙 둘러 이야기하고 있는 것 같았기 때문이었다.

"아주머니, 여기 소주 한 병 더 주세요!"
답답한 명 대리는 주방에 대고 소리쳤다.

"이렇게 중요한 인감이 쓰이는 곳을 더 살펴보면 '은행에서 돈을 빌릴 때, 자동차를 할부로 사게 될 때, 다른 사람의 대출보증을 설 때' 등 반드시 지켜야 할 중요한 약속, 다시 말하면 우리들이 경제활동을 할 때 주로 금전부담의 의무를 이행해야 할 때 쓰이곤 하지. 또, '토지 보상금 수령이나 재건축 동의 그리고 상가건물 운영위임' 등 중요하고 확고한 의사표현에도 사용한다네."

"이 중에 대출보증 즉 빚보증의 경우는 숙고에 숙고를 해야 할 부분인데 나는 대출보증을 잘못 해 줘 집안이 거덜 난 경우를 똑똑히 목격하였네. 자네도 이 점을 항상 유의하여야 하네."

한번 시작하면 끝을 보는 권 부장의 성격을 잘 아는 명 대리는 이쯤에서 이야기를 다른 곳으로 돌려야 했다.

"권 부장님, 그렇다면 그렇게 중요한 인감을 분실했을 경우엔 어떻게 해야 하며 인감을 특별히 관리할 수 있는 방법은 무엇입니까?"

"좋은 질문을 했네. 자네는 하나를 가르치면 둘을 아는군."

"자! 소주 한 잔 들고 마저 얘기해 주지."
권 부장은 침을 튀기며 아주 신이 나 있었다.

"우선 인감도장을 잃어버린 경우인데, 이때는 즉시 주소지 동

주민센터에 새 도장으로 신고를 해야 하네. 동 직원이 새 도장으로 인감등록을 마치면 바로 그 도장이 인감이 되고 만약 잃어버린 도장을 되찾는다 하더라도 그 도장은 그냥 평범한 도장으로 전락하게 되지. 이와 같이 동 주민센터에 등록된 도장만이 인감으로서의 역할을 하게 된다네."

"그리고 이 얘기는 성내2동에 근무하는 내 친구 오미향이 귀띔한 내용인데, 인감과 관련한 사고의 사례는 주로 가까운 가족 간에 발생하는 것이 대부분이라고 하네. 가족이 도장과 신분증 보관 장소를 가장 잘 알기 때문에 그렇다고 하네."

"가까운 가족이 당사자 몰래 인감도장과 신분증을 가지고 위임을 가장하여 인감증명서를 몰래 발급 받아 사용한다고요? 가족도 못 믿는 상황이라니……. 씁쓸한 대목이군요."
명 대리는 쩝 입맛을 다시며 중얼거렸다.

"그렇다면 어떻게 해야 안전하게 관리할 수 있나요?"

"응, 그것은 아주 간단하게 해결할 수 있지. 그것은 바로 동 주민센터에 가서 '인감보호 신청'을 하면 된다네. 즉 '본인 외 발급 중지'나 '본인과 배우자 아무개 외에는 발급금지'를 신청하면 간단하게 처리할 수 있지."

"권 부장님! 저는 이제까지 인감은 그저 은행에서 대출할 때 필요한 부속서류 정도로만 알고 있었는데 그렇게 중요한지 오늘 처음 알았습니다."

"삐리리~ 삐리리~"
이때 권 부장의 휴대폰이 울리고 있었다.

"석한이 오랜만이야. 어쩐 일인가?"
"응, 뭐라고? 소주 한잔하자고? 그렇지 않아도 자넬 만나려고 했는데 말이야. 금방 갈게."

"고향친구인데 지금은 변호사를 하고 있지. 내가 사는 동네와 그리 멀지 않은 곳에 살고 있는데 요즘은 뜸 했어. 변호사도 먹고 살기가 힘든가 보네. 포장마차에서 소주 한잔 하자고 하는 걸 보면 말이야. 명 대리, 아까 처음에 걱정 말라고 한 것은 실은 자네 일을 이 친구와 상의하면 좋은 의견을 들을 수 있지 않을까 해서 한 얘기라네. 자네 일은 자세히 내가 물어봐서 내일 알려 줌세. 그러니 너무 걱정 말게."

명 대리는 눈이 번쩍 떠지며 술이 확 깨는 것 같았다.

"물론 자네가 돌아가신 아버지의 임감증명을 대리 발급 받아 이를 사용한 책임은 분명히 있지만, 악의적이지 않고 금액도 적고

더구나 장례비용에 보탰다고 하면 정상참작의 여지는 충분하다고 보네. 그러나 법은 법이니까 변호사 친구를 만나서 자세히 상담해 봐야지."

이때 명 대리가 술값을 계산하려는 것을 극구 말리며 권 부장은 지갑을 꺼냈다.
"이봐! 오늘 여기 오자고 한 건 나일세. 그리고 잘 해결되면 그 때 자네가 한잔 사게."

밖을 나오니 늦가을 쌀쌀한 날씨임에도 명 대리 얼굴에 부딪치는 공기는 시원하였다.

"아참, 명 대리! 만약에 말이야 이 일로 인해서 자네가 회사에서 불이익을 받게 되면 내가 적극 나서 줄게. 그러니까 너무 어깨 축 쳐져 다니지 마."
명 대리의 어깨를 가볍게 두드린 권 부장은 다가오는 택시를 향해 손을 들었다.

강동주식회사 권 부장을 태운 택시가 멀어질 때까지 명 대리는 허리를 깊숙이 숙이고 있었다.

2010. 가을
심재훈

나는 오늘 그간 자네가 몰랐던 나의 속살을 자네에게 보여 주려고 하네.

자네가 알다시피 나는 강원도 원주고등학교를 졸업한 사람이네. 고등학교 2학년 시절 집안에 재판이 시작되고 아버지의 하는 일도 파산하고 고교 3학년은 빚을 내서 겨우 졸업할 수 있었다네. 중학교와 고등학교 시절 3년 정도는 신문 배달도 하고 여름방학이면 아이스케키통을 메고 다녀보기도 하고 원주 시내 다방을 돌면서 선데이서울이란 잡지를 팔기도 하였지, 그러나 집안의 형편은 점점 더 어려워졌고 대학 진학의 꿈은 고교 3학년 중반에 자연스럽게 접게 되더군. 나는 만약에 옛날로 돌아갈 수 있다면 이 부분만은 다시 시작하고 싶다네.

고교졸업을 하고 나니 다른 친구들은 대학 진학을 위해 순식간에 흩어지는 바람에 만날 수 없었고 마침 대학 진학을 하지 못한 친구와 함께 둘이서 원주역에서 기차를 타고 무작정 서울로 상경하여 얼음을 만드는 공장에 취직을 하였다네. 상상하기 힘든 중노동을 친구는 그만 버티지 못하고 낙향하고 나만 덩그러니 남게 됐지. 결국 나도 그곳을 그만두고 다시 스웨터 짜는 공장에 취직을 하였다네. 당시 그 공장은 일본회사의 하청업체로서 주문에 의해 물건을 제작하고 납품하는 공장으로 짐작되는데 그곳의 기술자인 스웨터를 짜는 사람은 그나마 기술자 대접이라도 받을 수 있지만 기술이 전혀 없는 나는 세팅이라 하여 스웨터를 스팀에 찧는 가마 앞에서 근 일 년을 보냈다네. 월급이 워낙 박봉이라 담배조차 사 피울 수 없는 지경이었으니 오죽했겠나.

할 수 없이 그곳도 그만두었네. 당시 우리 집안은 완전히 파산하여 충주 목행리로 이사하였고 그곳으로 갔으나 내가 무엇을 할 수 있었겠나. 희망도 꿈도 없는 답답한 나날이었지. 나는 벽시계 월부장사로 나섰다네. 어른들을 따라 시계 파는 요령과 사람을 대하는 방법들을 눈여겨보며 세월을 보냈지. 당시 괘종시계가 막 보급되는 상황이라 어른들은 열심히 장사하여 가족을 부양하고 있었지만 나는 그럴 만한 의욕도 없이 세월을 보내는 상황이라 그럭저럭 세월만 죽이고 있었지.

6개월을 하고 나니 그것도 하기 싫어지더군. 다음에는 초상화 장사를 했지. 조그만 사진만 있으면 이를 확대 복사하여 머리에는 갓을 씌우고 상반신은 한복이나 양복을 입혀 그리는 영정사진 같은 것이었지. 그 일을 몇 개월 하고 있었는데 군대 가라고 영장이 나오더군.

재수 없는 놈은 뒤로 넘어져도 코가 깨진다고 병과도 힘들고 군기 세기로 유명한 기갑병으로 3년을 보냈다네. 어찌 보면 악몽 같은 세월이었지.

군을 제대하고 나니 이제는 정신이 조금 들더군. 장남으로서 가족을 부양하고 어엿한 직장을 가져 보아야겠다고 말이야. 마침 포항제철에서 직업연수생을 뽑더군. 포철 사내 직업훈련원에서 6개월의 훈련과정을 거치면 현장 기능자가 될 수 있는 기회였다네. 이것도 지원자가 많으니 회사로서는 시험을 볼 수밖에. 당시 이화여고 교정에 모인 내 또래의 젊은이들 수천 명은 응시했을 것으로 기억되네. 무려 5과목의 시험을 보아 1차 800명의 선발과정에 당당히 합격을 하여 2차 시험을 보러 가게 됐지. 나는 빠듯하게 여비를 준비하여 포항으로 갔다네. 신체검사와 적성검사를 했는데 어찌 보면 간단한 시험이었지. 그런데 그만 떨어지고 말았어.

이전에 군대 갈 때나 보는 신체검사에서의 청력검사는 말발굽 쇠의 울림소리만 알아들으면 되었는데 그곳은 특이하게도 헤드폰을 쓰고 정밀 청력검사를 했다네. 그때 비로소 내 오른쪽 귀에 문제가 있었다는 사실을 알게 됐고 나는 허망하게 낙방하고 말았다네.

나는 왜 내 오른쪽 귀가 잘 안 들리는지 그리고 내가 왜 그것을 모르고 있었는지 참으로 이상했다네. 아마 이 부분은 자네도 모르는 나의 장애이기도 할 걸세.

그렇게 상심하고 있던 차에 쌍용시멘트에서 포항제철과 유사한 과정의 시험을 보더구먼. 이번에는 4과목인데 역시 필기시험에는 합격을 하고 면접 및 신체검사를 보러 제천에 있는 쌍용시멘트까지 갔었다네. 면접을 무사히 끝내고 신체검사 중 혈압이 150이 나오더군. 아마 직장을 구하려는 조급한 마음에 그만 혈압이 상승되었던 것 같네. 그만 또 떨어졌지 뭔가.

실망할 겨를도 없이 대림산업에 원서를 또 내었지. 대학을 졸업하지 못했으니 갈 곳이라곤 산업연수생이나 기능직이 전부였지. 그곳 역시 6개월의 연수과정을 거치면 해외현장으로 송출되는 곳이었다네.

자네는 내가 사우디에서 4년을 보낸 것을 잘 알고 있으니 그만 하겠네.

용성이 아우,
나는 그렇게 희망이 없었고 꿈을 찾을 수 없는 고통의 시간을 보냈었지. 하지만 그것은 지울 수 없는 나의 인생역정이기도 하거니와 어찌 보면 지금의 내가 있도록 한 밑거름이 되지 않았나 하고 조심스럽게 생각한다네.

 여유로운 가정에서 공부 열심히 하여 대학 진학한 다음 순조롭
게 직장을 다니고 그리고 예쁜 색시 만나 결혼을 하는 그런 삶이
아닌…….
 그렇게 나는 나의 인생 전반부를 마치 들개처럼 세월을 보냈
다네.

 때론 좌절하기도 하고 부모님 원망도 많이 했었음을 숨기지 않
겠네. 그러나 그렇게 세월을 보낸 것이 어찌 보면 나에게는 많은
도움을 준 것 같기도 하네. 성격도 많이 바뀌었으며 어떠한 어려
운 처지에도 좌절하지 않고 돌파하고자 하는 삶에 대한 의지도 생
기게 되었지. 그리고 그간 만나고 스친 많은 사람들의 모습도 보
고 나름대로는 정확하게 파악하고자 하는 습성도 생기게 되었으
며, 오른쪽 귀에 장애가 있다 보니 남의 말을 들을 때 귀를 기울이
는 습관도 생겼지. 또한 내 처지가 별로 여유롭지 않으니 신중하
게 처신하고자 하는 습성 등 좋은 습관들을 많이 갖게 되었네.

 용성이 아우,
 이제는 내 인생의 중반부를 이야기할 차례인 것 같은데 이제는
더 할 필요가 없는 것 같네. 며칠 전 자네의 밝은 목소리를 들으니
안심이 되어서 말이야.

사실 이 글은 자네에게 보내주려고 진작에 써 놓은 글로서 마무리를 하지 못했던 글이기도 하지. 그러나 이제는 마무리 할 필요가 없어진 것 같네.

　자네는 머리가 좋으니까 내가 무슨 말을 하려고 나의 어려웠던 과거를 들먹였는지 금방 눈치를 챌 것으로 짐작하네.

　용성이!
　나중에 말이야, 내 인생의 후반부에 집 앞의 시원한 정자 속에서 막걸리를 나눌 수 있겠나?
　아니면 자네나 내가 좋아하는 강원도 어느 개울가 다리 밑에서 어항을 묻어 놓고 삼겹살이나 구우면서 쐬주를 나눌 수 있겠나?

　그럴 수 있겠지?

심재훈

김창수
선생님께

선생님께서 쓰신『보리밭 인생』나머지를 마저 후딱 읽어버렸습니다.

저는 강원도 인제로 가는 길목에 있는 '신남'이라는 작은 동네에서 어린 시절을 보냈습니다. 아버지의 직업에 따라 운명이 결정되는 시절이었습니다. 아버지가 막걸리공장을 위탁경영하시던 초등학교 저학년 시절은 그런대로 어려움이 없었으나 그 지역 국회의원 후보를 후원하시다가 일이 잘못되어 초등학교 고학년 시절부터 어려운 시절을 보냈습니다.

농경지가 별로 많지 않은 강원도 두메산골이라 화전을 일구시는 부모님을 따라 농사일을 도운 적도 있었습니다. 지금도 눈에 선한 그 시절, 그곳에서의 추억은 김 선생님의『보리밭 인생』에 나와 있는 그대로입니다. 새로운 돌파구를 모색하던 아버지의 결단에 따라 원주로 이주하면서 시골생활은 끝났지만 어린 시절의 추억은 제 가슴속에 고스란히 남아 제 인생의 커다란 자양분이 되었습니다.

김창수 선생님, 고맙습니다.
우선 『보리밭 인생』을 읽을 수 있도록 책을 써 주신 것과 저자를 직접 만나 뵌 기회를 주신 것, 그리고 앞으로 곧 있을 특강에 대하여 감사의 말씀을 드립니다.

우리 구에서 추진하는 '꿈꾸는 진로캠프'는 생활이 어려운 기초생활보장수급자 가구의 중학생 자녀들을 대상으로 하는 작은 사업입니다. 한창 미래에 대한 꿈을 꾸고 즐겁게 보내야 할 시기에 어려운 가정 형편 때문에 좌절과 포기를 경험해야 하는 아이들을 보면 안타까웠습니다. 가난이 자연스럽게 대물림되는 것을 방지해보고자 하는 마음에서 출발한 사업입니다.

'꿈꾸는 진로캠프'는 여러 가지 프로그램을 구성하여 운영하고 마지막 날 특강시간에는 이들 청소년들에게 귀감이 될 만한 훌륭한 분을 모셔 이들에게 꿈과 희망을 불어넣는 시간을 마련하였습니다.

어렵고 고단한 환경을 따뜻한 마음과 불굴의 의지로 정면으로 맞서며 나가시는 선생님의 기개와 경험이 이들에게 고스란히 전해지기를 기대합니다.

김창수 선생님,
매우 바쁘실 텐데 귀중한 시간을 흔쾌히 내어주심에 진심으로 감사드립니다. 그리고 가족 모든 분이 건강하시기를 진심으로 기원합니다.

감사합니다.

심재훈 드림

인사
팀장님께

    우리 사회복지과는 이미 아시는 바와 같이 생활이 어렵고 나이들고 몸이 불편한 분들을 돌보는 업무를 주로 하고 있습니다.

    그렇다보니 기피부서(?)가 되어버린 탓으로 복지직과 행정직이라 할지라도 나이가 어리긴 마찬가지이며 행정경험이 일천한 직원이 대부분입니다.

    직원 모두가 순수하며 요령을 피우지 않고 상사의 지도에 잘 순응하는 장점은 있으나, 경험이 일천한 관계로 여러 가지 업무추진 사항을 일일이 점검하고 챙겨보아야 하는 등 세심한 살핌이 필요합니다.

    이제 이러한 직원들을 아우르며 우리 과에서 오랫동안 서무주임으로 고생한 신수정 주임이 진급의 사정권에 들어 진심으로 축하할 일이지만, 갑자기 전출되면 그 공백을 누가 어떻게 메우나 하는 걱정이 많이 있습니다.

신 주임은 업무추진에 열정을 다하기도 하였지만 훌륭한 인성으로 여러 직원들을 아우르고 있기 때문에 더욱 그러합니다.

현재 우리 과에 근무하는 직원들 중에는 신 주임을 대신할 만한 적임자가 없어 고민이 많아 저는 이 글을 쓰게 되었습니다.

양 팀장님!
이번 7월 20일자로 예정된 인사에서 다음사항을 살피어 선처해 주시기를 희망합니다.

1. 진급을 목전에 둔 직원을 보내 주십시오.
　- 근·평 때문이라도 열심히 할 것입니다.

2. 인성이 훌륭한 직원을 보내 주십시오.
　- 우리 과는 상처받기 쉬운 여직원과 나이 어린 직원이 대부분입니다.

3. 근래 격무부서 근무경험이 있거나 서무주임 경력이 있는 직원을 보내 주십시오.

– 그들의 경험(추진력, 행정경험 등)을 직원들에게 나눌 수 있을
것입니다.

4. 본인이 희망하는 직원을 보내 주십시오.

– 본인이 우리 과 근무를 자원한다면 더할 나위 없습니다.

선처에 미리 감사드립니다.

사회복지과 심재훈 드림

금
20,000,000원!

"눈물이 그렁그렁한 간절한 눈빛을 잊을 수가 없습니다."

마지막 3차 면접을 보고 온 우리 과 유○○ 팀장님께서 소주잔을 쳐다보며 웅얼거리던 말입니다.

'희망플러스·꿈나래 통장사업'의 수혜대상자는 마지막 한줄기 '희망과 꿈'이 면접관의 심사에 따라 결정된다고 생각하고 그 간절함을 면접관들에게 호소한다고 합니다.

이분들은 1차 동주민센터에서 신청서류 접수 심사를 한 후에 우리 과에서 2차 정밀심사 및 심의를 거쳐 대상자를 선발합니다. 그리고 마지막으로 서울시에서 3차 최종 면접을 통하여 일부를 탈락시킵니다. 이렇게 '희망플러스·꿈나래 통장사업'은 까다로운 절차를 거칩니다.

3차 최종면접은 20여 년 이상 복지행정의 일선에서 풍부한 경험이 있는 복지과 팀장 등이 면접관으로 나서 최종 심사하게 됩니다.

최근 여러 부서 직원들께서 자발적으로 앞다투어 성금을 기탁하고 계십니다. 어떤 부서 과장님과 담당 직원의 적극적인 노력으로 금 20,000,000원이라는 거액을 관내기업으로부터 후원을 유치하였습니다.

또 다른 부서 과장님께서는 직접 후원자와 여러 차례 접촉하시어 후원 약속을 이끌어 내시기도 하였습니다.

이렇게 내미는 따뜻한 손길들이 이들의 눈물을 닦아 줄 것을 희망합니다.

이미 후원해 주신 분들과 앞으로 후원해 주실 분들께 깊은 감사드립니다.

1. '희망·꿈 통장사업'은 수혜대상자께서 저축하신 금액에 모금된 후원금을 더하여 만기 시 이자와 함께 지급하는 것이 본 사업의 핵심입니다(50+50=100+α).
2. 후원자의 인적사항을 철저히 관리하겠으며, 연말소득공제 등 업무처리에 누락이 없도록 하겠습니다.
3. 우리 구 모금 목표액이 1억 원입니다.

4. 9월까지 집중 모금활동기간이며, 이때까지 모금된 금액으로 서울시 인센티브사업으로 평가됩니다(이후 모금액은 내년도 평가 자료임).

강○○
주임님께

　저는 현재 강동구의회 사무국 의사팀장으로 근무하고 있는 심재훈입니다.

　2006년 지방선거 당시 강동구 강일동사무소에서 선거업무담당을 수행하였습니다.

　지난 주 '2006년 지방선거' 당시 선거경비 중 '일용임금'을 잘못 집행하였다 하여 이는 횡령이라는 죄로 강동경찰서 지능수사팀에서 피의자 신문조서를 작성·날인하였습니다.

　이번 조사는 저뿐만이 아니라 당시 함께 선거업무를 추진하였던 동료 직원들까지 모두 조사를 마친 상태입니다.

　경찰조사가 끝나면 검찰로 이송되고 이어서 판사의 판결을 받게 되겠지요. 공금횡령죄로 말입니다.

경찰의 요지는 매우 간단합니다. 일용임금은 공무원에게는 지급할 수 없고 다만 사례금으로 지급하여야 하며 이는 일반수용비에서 집행하는 것이 타당하며 결과적으로 일용임금에서 지급하고 수령한 경비는 횡령이라는 것입니다.

이렇게 경찰이 일용임금에서 공무원에게 지급한 경비는 횡령이라는 길을 정하고 수사하게 된 경위는 안타깝게도 귀 부서에서 지난 2월 18일 강동경찰서 수사과장에게 회신하여 보낸 '일용임금(110-03) 및 일반수용비(210-01)의 지급대상자 범위를 정한 내용' 입니다.

그 강동경찰서에 회신한 내용의 핵심은 "공무원에게는 일용임금을 지급하지 아니하고 사례금(210-01)으로 지급할 수 있다."라는 내용입니다.

그런데 말입니다. 지난 2006. 4. 18자 강동구 선거관리위원회에서 각 동의 선거관리위원회에 시달한 경비집행지침에는 일용임금(102-02) 과목에서는 공무원에게는 사례금으로 집행할 수 있다는 내용과 일반수용비(201-01)에서는 이와 관련한 어떠한 언급도 없습니다.

저는 이렇게 이해하고 있습니다. 일반적으로 일용임금은 공무원이 아닌 자에게 사역 후 일용인부임을 지급하여야 하나 공무원이 그 일을 하였다면 동 과목(일용임금)에서 사례금으로 공무원에게 지급할 수 있으며 일반수용비 과목은 아니다, 라는 것이죠.

그 말이 그 말 같고 하니 이해가 안 되시는지요?
즉 서울시선관위 회신내용과 강동구 선거경비집행지침과의 차이를…….

문제는 심각합니다. 경찰이 주장하고 수사하는 내용대로라면 일용임금에서 공무원에게 지급한 경비는 모두 횡령이며 당시 강일동사무소뿐만 아니라 우리 구 전체 동사무소에 해당하는 사항이기 때문입니다.

이 문제는 강 주임님께서 윗분들과도 의견을 나누어 보시고 조속한 대책이 있어야 할 것으로 사료됩니다.

이와 관련하여 문의 드리오니 답변주시기 바랍니다.

1. 예산과목번호(코드)와 관련입니다.
   − 서울시선관위에서 경찰서에 회신한 예산과목코드는 일용임금(110-03), 일반수용비(210-01)이며, 2006년 강동선관위 예산과목코드는 일용임금(102-02), 일반수용비(201-01)입니다.
   − 다른 점은?

2. 2006 강동선관위에서 각 동사무소에 시달한 경비집행지침은 서울시 지침인지, 강동의 자체 지침인지?

3. 2006년 전국지방선거 당시의 일용임금과 일반수용비 지침은 그 이후 선거에서 변경되었는지?

4. 과연 일용임금이라는 예산과목에서는 공무원에게는 사례금을 지급할 수 없고 일반수용비 과목에서 집행하여야 하는지?

5. 경찰서에 회신한 문서의 말미에는 사례금(210-01)이라는 표기가 있는 바 이는 사례금이라는 별도의 예산과목이 존재하는 과목인지?

제가 희망하는 결론은

강동서 수사과에서 경비집행과목에 대하여 정확히 인식할 수 있는 모든 조처를 바라는 것입니다.

서울시선거관리위원회에서 강동경찰서에 회신한 내용의 문서는 강 주임님께 보관되어 있으시리라 생각되며, 2006년 당시 강동선관위에서 각 동사무소에 시달한 지침은 첨부하여 보내드립니다. 참고하시기 바랍니다.

2010. 3. 11

강동구의회 사무국 심재훈 드림

전화 02-2224-9073

FAX : 02-475-4609

동 선거업무
담당자님께

안녕하십니까?

이제 동시지방선거를 앞두고 일정에 따라 선거업무를 추진하시느라 수고가 많으십니다. 저 역시 얼마 전까지 동사무소에서 선거업무를 직·간접 담당하였던 직원으로서 이번 경찰조사와 관련하여 여러 가지 생각이 들어 글을 쓰게 되었습니다.

예전부터 선거관련 업무는 사후에 감사기능이 미진하였고 관례적으로 추진하던 여러 일들이 이번 경찰 수사를 기회로 잘못된 부분은 시정하고 혹시 있을지도 모를 감사·수사·언론보도 등에 대비하기 위해서라도 이제는 선거관련 업무는 새로운 마음가짐으로 접근해야 하지 않는가 하는 생각입니다. 이러한 생각은 비단 저뿐만이 아니라 경찰조사를 받았던 모든 직원들의 공통된 생각이기도 하겠지만 말입니다.

선거업무는 우리들이 늘 하는 업무가 아니고 선거 때만 신경을 써서 추진하고 대행하는 입장이라 하여 다소 소홀하게 취급하지는 않았는가 하는 것이며, 선거관리위원회를 너무 짝사랑하지는 않았는가 하는 것입니다. 이 글은 이번 경찰조사와 관련 느낀 점으로 순전히 개인적인 의견일 뿐입니다.

1. 선거관리위원회의 예산집행체계가 매우 불합리하게 운용되고 있습니다.

현 선거경비집행 체계의 여러 선거업무 중 일용인부를 사역하여 추진하게 되는 업무부분을 살펴보면 선거공보발송작업, 선거벽보첩부·철거 작업, 투표소 설치·철거 작업 등입니다. 이러한 작업은 공무원이 아닌 인부를 사역하여 업무를 수행하고 '일용임금'을 지급합니다. 그러나 선거공보 발송 작업의 예를 들면 그 과정이 얼마나 세심한 신경과 많은 노동력을 필요로 하는 업무입니까? 후보자의 공보가 빠진 것은 없는지, 순서대로 투입하는지, 거꾸로인지 바르게인지, 집배원의 배달을 용이하게 하기 위한 통별분류 그리고 그 무거운 공보물의 운반·취급 어느 하나 소홀히 할수 없는 부분입니다. 또 일용인부 구하는 것부터 그리 만만한 것이 아니죠. 교육시켜야지, 지켜봐야지, 잔소리해야지, 시범 보여야지……. 선거담당을 하는 서무주임과 직원들은 머리에 김이 날정도입니다. 또한 선거벽보 첩부나 투표소 설치는 더 말할 것도 없습니다.

차라리 이럴 바에야 수많은 경험을 가진 직원을 투입하여 그 일을 추진하고 모자라는 부분은 인부(주민)를 고용하여 추진하는 편이 오히려 효율적이고 정확한 것은 불문가지입니다. 즉 선거관련 모든 일은 동사무소 직원이 직접 추진하고 인력이 모자라는 부분은 직원이 아닌 자로 충원하여 업무를 추진해야 하며 그에 따른 책임과 예산집행체계로 개선되어야 한다는 것입니다. 이는 주도적으로 선거업무를 추진하고 그에 대한 책임과 대가를 공무원이 중심이어야 하는 체계 말입니다.

그러나 현실의 경비집행체계는 그렇지 않습니다. 선거관리위원회는 "공무원이 아닌 주민 등을 충원하여 사역 후 일용임금만 주면 되고 부득이 직원이 그 일을 하게 되면 사례금으로 주면 된다. 알아서 하겠지." 하는 안일한 체계를 갖추고 있음을 지적합니다.

2. 선거경비 집행지침이 매우 모호합니다.

이번 경찰 수사에서 보는 바와 같이 경찰이 우리에게 불리한 지침을 적용토록 선거관리위원회는 애매모호한 공문서를 시행하고 있음을 지적하지 않을 수 없으며, 나아가 언론보도가 된다면 매우 불리한 입장에 처할 소지가 다분합니다. 살펴볼까요?

서울시 선관위에서 강동경찰서(수사과장)에게 회신한 내용(2010. 2. 18)	강동 선관위에서 각 동에 시달한 선거경비 집행지침 중 일부 발췌한 부분(2006. 4. 18)

수신자 서울강동경찰서장(수사과장)
(경유)
제목 수사협조 의뢰에 대한 회신

1. 수사과-1285(2010.2.12.)와 관련입니다.
2. 귀 서에서 질의한 공직선거에 있어 동원위원회에 지급한 선거관리경비 중 일용임금(110-03) 및 일반수용비(210-01)의 지급대상자 범위는 『읍·면·동위원회 경비 집행지침』에 의하여 동경비 집행기준에 계상된 범위내에서 필요한 인원을 사역하되 같은 날에 같은 사람을 이중 사역할 수 없으며, 공무원 또는 공익근무요원 등이 투표소 설치·철거 등의 작업을 하였을 경우 일용임금을 지급하지 아니하고 사례금(210-01)으로 지급할 수 있음을 회신합니다. 끝.

4. 세목별 집행방법
가. 일용임금(102-02)
 - 집행방법
(1) 동원위원회 경비 집행기준에 계상된 범위 내에서 필요한 인원을 사역하여야 한다.
(2) 일용임금 지급명세서(별지제3호서식)에 사역일자 순서대로 사역업무명, 인적사항 등을 기재하여 서명 또는 날인을 받고 지급한다.
나. 일반수용비(201-01)
(1) 용품 등 구입 시에는 세금계산서(영수증)를 구비하여야 한다.
(2) 투표소 바닥보호 깔판 등 투표소 설비비를 포함한다.

수신자 서울강동경찰서장(수사과장)

(경유)

제목 수사협조 의뢰에 대한 회신

━━━━━━━━━━━━━━━━━━

1. 수사과-1285(2010. 2. 12) 관련입니다.
2. 귀 서에서 질의한 공직선거에 있어 동위원회에 지급한 선거관리경비 중 일용임금(110-03) 및 일반수용비(210-01)의 지급대상자 범위는 『읍·면·동위원회 경비 집행지침』에 의하여 동경비 집행기준에 계상된 범위 내에서 필요한 인원을 사역하되 같은 날에 같은 사람을 이중 사역할 수 없으며, 공무원 또는 공익근무요원 등이 투표소 설치·철거 등의 작업을 하였을 경우 일용임금을 지급하지 아니하고 사례금(210-01)으로 지급할 수 있음을 회신합니다. 끝.

4. 세목별 집행방법

가. 일용임금(102-02)

 - 집행방법

(1) 동원위원회 경비 집행기준에 계상된 범위 내에서 필요한 인원을 사역하여야 한다.

(2) 일용임금 지급명세서(별지제3호서식)에 사역일자 순서대로 사역업무명, 인적사항 등을 기재하여 서명 또는 날인을 받고 지급한다.

※ 같은 날에 같은 사람을 이중 사역할 수 없으며, 공무원 또는 공익근무요원 등이 ① 투표소 설치·철거 ② 선전벽보(게도물포함) 첩부·철거 ③ 선거공보(투표안내문 동봉)발송 ④ 투표안내(도우미)활동의 작업을 하였을 경우 일용임금을 지급하지 아니하고 일용인부임에서 사례금(1인당 4만 원, 단, 투표안내도우미는 1인당 2만 원)으로 지급할 수 있음(사례금과 일용인부임을 동일인에게 지급할 수 없음).

나. 일반수용비(201-01)

(1) 용품 등 구입 시에는 세금계산서(영수증)를 구비하여야 한다.

(2) 투표소 바닥보호 깔판 등 투표소 설비비를 포함한다.

※ 집행기준상 금액의 일률적인 집행을 지양하고, 시장조사를 통한 적정가격을 책정하여 집행하도록 한다.

어떻습니까? 같은 것 같기도 하고, 틀린 것 같기도 하지요? 풀어보겠습니다. 서울시선관위 공문 내용의 핵심은 "공무원이 투표소 설치·철거 등의 작업을 하였을 경우 일용임금을 지급하지 아니하고 사례금(210-01)으로 지급할 수 있다."입니다. 괄호 속에 있는 예산과목코드는 위 본 문장의 일반수용비(210-01)와 동일합니다. 이러한 표현은 경찰이 '공무원은 일용임금은 절대 안 되고 일반수용비에서 지급하여야 한다.'라고 인식하는 데 무리가 없으며 사례금은 또 하나의 예산과목으로 이는 일반수용비와 동일한 것으로 인식되도록 문서를 만들었습니다.

강동선관위 문서는 그나마 양호한 편이나 이 또한 아쉬운 부분이 있습니다. 지침내용 중 "일용임금을 지급하지 아니하고 일용인부임목에서 사례금(1인당 4만 원)으로 지급할 수 있음."이라고 표시하고는 있으나 주목하고자 하는 부분은 '일용인부임목에서'라는 부분입니다. '일용임금'은 예산과목으로 이해하는 데 무리가 없으나 '일용인부임목'은 또 무엇입니까? 또 다른 예산과목은 아니며 결국 일용임금이라는 표현과 일용인부임목이라는 말은 같은 말 아닙니까? 저라면 '동 예산과목에서 사례금 용도로'라는 표현이 적당하다고 생각됩니다만…….

결국 서울시선관위나 강동선관위에서 표기하는 예산과목의 '일용임금'과 실제 '집행용도의 내용'인 '사례금'과 '일용인부임목'을 부정확하게 표현하고 있음을 알 수 있습니다. 이것은 어찌 보면 중요하기도 합니다. 선관위 직원들이나 우리들은 이 용어의 내용에 대해 다 알지만 선거업무를 취급해 보지 아니한 그리고 선거예산에 관해 그다지 지식이 필요하지 않은 경찰이나 다른 사람에게는 매우 헷갈리게 하는 용어입니다.

자 다음, 예산과목번호(코드)의 문제입니다. 위 표에서와 같이 서울시선관위는 일용임금을 괄호 속에 '110-03'로 일반수용비는 '210-01'로 표기하였고, 예산과목도 아닌 사례금을 '210-01'로 표기하고 있으며, 강동선관위는 일용임금은 '102-02'로 일반수용비는 '201-01'로 서로 다르게 표기하고 있습니다. 이는 큰집에서 표기하는 내용과 작은집에서 사용하는 내용이 다름을 단적으로 보여주고 있습니다. 우리는 이러한 숫자의 표기는 단순히 전산 분류작업을 위해 만든 숫자에 불과하다고 인식하고 있으나, 중요한 것은 경찰이 서울시선관위에서 표기한 '사례금(210-01)'에 주목하고 이는 일반수용비에 표기한 숫자(코드)와 일치하므로 일반수용비에서 집행함이 타당하다고 인식을 굳히는 데 결정적인 요소로 작용하고 있었습니다.

이해하기 난해하시죠? 다음의 비교표를 참조하시기 바랍니다.

기관별 예산과목		서울시 선관위	강동구 선관위	비고
일용임금	코드번호	110-03	102-02	
	내용		공무원 또는 공익근무요원 등이 ① 투표소 설치·철거, ②, ③, ④의 작업을 하였을 경우 일용임금을 지급하지 아니하고 일용인부임목에서 사례금으로 지급할 수 있음.	
일반수용비	코드번호	210-01	201-01	
	내용	공무원 또는 공익근무요원 등이 투표소 설치·철거 등의 작업을 하였을 경우 일용임금을 지급하지 아니하고 사례금(210-01)으로 지급할 수 있음		

참으로 선거관리위원회 공무원들의 국어실력이 아쉬운 부분입니다.

3. 선거관리위원회는 선거경비를 집행하고 이를 검증하는 과정이 미흡합니다.

무릇 공무원이 예산을 집행하면 이것이 적정한지를 지도·감사·검증하는 과정이 필요합니다. 이는 혈세라 불리는 국민의 세금을 정확하고 소중하게 사용해야 하기 때문이고 잘못된 부분이 있다면 다시는 이러한 행위가 반복되지 않도록 하기 위함입니다. 그러나 역대 선거 이후로 선거경비가 적정하게 집행되었는지 선거관리위원회에서는 집행경비의 사후관리에 매우 미흡하였다는 것을 지적하지 않을 수 없습니다. 선거 때마다 경비사용의 적정 여부를 지도·검증하였다면 경찰에 불려가서 조사를 받는 수모를 겪지 않았을 터인데 말입니다.

4. 이번 건과 관련하여 선거관리위원회가 취하고 있는 태도에 분노합니다.

잘못된 부분이 있다면 응당 그에 따른 책임을 져야 합니다. 크면 큰 대로 작으면 작은 대로 말입니다. 다른 부분은 몰라도 선거경비의 예산과목 중 "일용인부임으로 공무원에게 지급한 것은 잘못이며 일반수용비에서 사례금으로 지급해야 한다."라고 주장하는 경찰의 인식은 분명 잘못 되었다고 생각합니다. 이와 관련한 수사를 받고 있음을 잘 알고 있는 시·구선관위는 스스로 경찰에 출두하여 공무원이 예산과목인 일용임금에서 사례금을 지급하여도 잘못이 없다는 의견을 제시하여야 함에도 수수방관으로 일관하고 있습니다. 서울시선관위는 한 술 더하여 부정확한 회신공문을 시행하였음에도 이를 정정하거나 보충설명 등의 아무런 조치를 취하지 않고 있음에 분노합니다.

사실 경찰의 주장대로 "일반수용비에서 집행하여야 되는 것을 일용인부임에서 지급한 것이 잘못된 것이다, 고로 횡령이다." 하여도 그리고 공무원에게 사례금(40,000원)으로 지급한 경비가 일용인부에게 지급하는 금액(52,580원)과 같이 지급함으로써 공무원에게 착오로 과다 지급하였다면, 그 차액(12,580원)을 당연히 환수하고 잘못된 부분에 대하여 상응하는 처벌을 받아야 하는 것이 우리 내부 징계사항(처벌정도가 어느 정도인지는 모르겠지만)입니다. 과연 형사 처분을 받을 만한 것인지도 의문이며 이 부분에 대해서도 선관위는 입을 봉하고 있습니다.

5. 마지막으로 선거업무를 담당하시게 되는 직원께 드립니다.

1) 애매모호한 지침은 단연코 거부해야 하며 정정을 요구해야 합니다. 이번과 같은 일이 훗날 다시 재연되지 않으리라는 보장이 없기 때문입니다.

2) 선거 관련한 업무에 있어서는 선관위의 말을 믿지 말고 오직 정확한 문서로만 말해야 하며 조금이라도 이상한 부분이 있다면 시정을 요구해야 합니다. 이제는 선거경비에 대하여 경찰이 주목하고 있다는 사실을 우리는 인식하여야 합니다. 참고로 이번 일과 관련하여 '2006년도 지방선거 당시 경비집행지침'이 전자결재 문서보관함에 당연히 있을 줄 알았으나 제일 중요한 그 문서가 없었기 때문에 애를 먹고 결국에는 구선관위에서 부탁을 하여 복사본을 받았습니다. 아마도 당시 선관위 회의시 직접 받은 것으로 추정되며 그 문서는 '동위원회 경비 간사 지정 및 계좌 개설 등 지시 [강동구선거관리위원회-1418호(2006.04.18)]'입니다.

3) 사실 선거업무 즉 동선거관리위원회 운영, 선거공보발송, 선거벽보첩부 그리고 투표와 개표사무 등 선거업무 추진의 핵

심은 지자체 공무원이 담당하고 있습니다. 그것은 관련 법 등에서 정해져 있기도 하지만 짧은 기간에 폭증된 선거업무를 선거관리위원회 스스로 감당하기엔 역부족으로 일정부분 지자체 공무원이 대행하고 있는 형태를 취하고 있습니다. 그렇다면 관계법에 정해져 있다고 치더라도 선거관련 문제가 발생되면 주무부서의 위치에서 그 경위를 알아보고 즉각 신속하게 대처해야 할 것이라 막연하나마 기대하고 있었습니다. 그러나 이번 일에서 보는 바와 같이 그들이 적극 나서 경비집행의 지침과 관련한 정확한 내용을 경찰에 알렸다면 사정은 매우 달라졌을지도 모를 일입니다.

끝으로 금년 우리에게는 1인 8표의 투표를 치루는 역대 선거 업무 중 가장 힘들 것으로 예상되는 동시지방선거 업무를 무사히 잘 치르시기 바라며, 금년 희망하시는 모든 일이 순조롭게 성취하시기를 진심으로 기원합니다.

봄은 쉽게 오지 않습니다. 겨울이라는 녀석이 부리는 몇 번의 심통을 겪고 난 후에야 화사한 꽃망울과 함께 봄은 우리에게 다가옵니다. 직원 여러분, 겨울이 시샘하는 이 꽃샘추위를 잘 넘기시기 바랍니다.

긴 글 읽어주셔서 감사드립니다.

2010. 3.

심재훈 드림

전문위원님들께

저는 오늘 저의 옷을 벗고 여러분들 앞에 서고자 합니다.

제가 벌거숭이인 채로 서고자 하는 이유는 저의 부끄러운 부분을 보여드려서라도 저의 솔직한 심정을 말씀드려 여러분의 양해를 구하고자 함입니다.

저는 청각장애가 있는 사람입니다. 즉 오른쪽 귀의 청각상태가 매우 불량하여 오른쪽 귀에다 대고 하는 소곤거리는 소리나 시계의 초침 돌아가는 소리가 들리지 않을 정도의 장애가 있습니다.

이러한 장애가 있는지는 군을 제대하고 당시 산업연수생을 뽑는 포항제철 입사시험을 볼 때 알았습니다. 서울 이화여고에서 수천 명이 모인 곳에서 다섯 과목의 일차 시험을 보아 합격하였지만, 2차 시험장소인 포항에서 적성테스트와 신체검사에서 결국

떨어졌습니다. 군에 입대할 때나 그 이전의 신체검사들에서는 말발굽 쇠의 진동소리 정도만 알아들으면 문제가 없었으나 포항제철의 2차 시험에서는 헤드폰을 쓰고 측정하는 정밀시험이라 제 오른쪽 귀의 청각 이상이 발견되면서 그만 떨어지고 만 것이지요.

저는 이후 내가 왜 장애가 있었는지 그리고 왜 그것을 그때까지 모르고 있었는지 참으로 의아했습니다. 그러나 장애가 있는 것은 엄연한 현실. 저는 이것을 받아들이기로 하고 언제부터 장애가 있었는지를 생각하게 되었습니다.

그것은 둘 중에 하나인 것으로 짐작하고 있습니다. 하나는 어려서 초등학교 시절에 동무들과 개울가에서 멱을 감다가 오른쪽 귀에 이상이 생긴 것을 모르고 지나치지 않았나 하는 것이며,

또 다른 하나는 군생활 시절 전차의 포사격 소리와 기관총의 총소리 때문에 장애가 오지 않았나 하는 것입니다.

청각에 장애가 있으니 자연히 다른 사람과의 대화 청취에 문제가 있으며, 오른쪽 귀에다 대고 하는 소리는 그 사람의 은밀한 속마음을 전달하는 것일진대 이를 알아듣지 못하니 저로서는 매우 답답하고 안타까운 노릇입니다.

전문위원님!

위원님들께서는 저의 목소리가 다른 사람보다는 커서 화가 나지 않았나 하는 생각을 가질 수도 있을 것입니다. 이는 제가 청각장애로 인하여 다른 사람들로부터 심지어는 저의 가족과 형제, 친지들로부터 받는 많은 오해의 한 부분임을 저는 잘 알고 있습니다. 참으로 안타깝고 매우 억울하기도 한 부분임을 알아주시기 바랍니다.

저는 청각장애가 있으므로 다른 사람이 저에게 얘기할 때 매우 신중하게 듣는 습관이 있습니다. 이는 그의 의견을 존중하여야 하기도 하지만 저의 장애로 인하여 무슨 말을 하고 있는지 정확하게 이해하기 위한 저의 고육책이기도 합니다.

그리고 제가 말하는 습관은 저의 의견을 정확하게 다른 사람에게 전달하고자 큰소리로 이야기하는 습관이 형성되었음을 이해하여 주시기 바랍니다.

이왕 말씀드리는 김에 큰소리로 말하는 습관이 생기게 된 또 다른 이유마저 설명을 드려야 하겠군요. 지난번 새올 자개판에 쓴 글에서도 짐작하셨겠지만 저는 기갑병으로 군 생활을 마친 사람입니다.

당시 육군기갑학교에서의 13주 후반기 교육은 논산의 기초 군사훈련과는 비교가 되지 않을 정도로 강도가 매우 높습니다. 특히 입교 후 약 4주 정도는 정규과목은 아니지만 독특한 기갑제식(김일성광장에서의 북한군 사열장면을 연상하시면 되겠습니다.)과 목에서 피가 나고 몇 번의 목이 쉴 정도의 목청으로 군가와 고함치는 훈련을 거칩니다. 이는 아마도 전차의 굉음 속에서 무전이 고장 나면 고함으로라도 대화가 되도록 하기 위하여 목청을 높여야 하는 이유가 아닌가 조심스럽게 생각합니다.

어찌되었든 제가 이야기를 하는 중에 목소리가 크다 하여 제가 화를 내고 있지 않은가 하는 오해를 마시고 이러할 경우 이해해 주시라고 장황하게 설명드렸습니다.

전문위원님!
이제 한 가지의 옷을 더 벗고자 합니다.

저는 정년이 연장되지 않았다면 내년 말이면 정년이 끝나므로 지금쯤은 적당히 한가한 부서에서 팀장이나 하면서 설렁설렁 세월을 보내고 있을지도 모를 일입니다. 또 지난 시절 제가 만난 일부 선배들이 그런 식으로 공무원생활을 마치는 것을 보아왔습니다.

적당한 곳에서 어영부영 세월을 보낸다는 것은 저를 이끌어 주신 모 국장님의 배려에 배반하는 일이며, 현재 저를 알아주시며 제가 모시고 있는 국장님께도 부하직원으로서의 도리가 아니며 제 자존심과 성격에서도 도저히 있을 수 없는 일이라고 생각합니다.

아시는 바와 같이 주요 부서에서 소외된 채 이리저리 변방 주변에서 공무원 생활을 하고 있는 제가 구정의 주요 정책들을 심의 결정하는 의원들을 모시는 구의회에 근무하게 되어 저는 이제 얼마 남지 않은 공무원생활을 아주 뜻있고 보람되게 보낼 수 있는 기회를 맞이하였습니다.

저는 1월 1일자로 의사팀장으로 보임되었습니다. 어리바리 하던 시절에 모 전문위원님으로부터 회의가 있을 때 그리고 기회가 있을 때마다 여러 가지 진솔한 의견으로 좋은 제안들을 해 주시어 빨리 사무국 업무에 접근토록 도움을 주신 것을 잘 알고 있으며 이를 매우 고맙게 생각하고 있습니다.

아시는 바와 같이 사무국은 6대 개원을 맞아 조직개편을 단행하여 의안업무가 인력의 보충 없이 의사팀으로 이관되어 매우 바쁘게 돌아가고 있습니다.

회기가 개회되면 의사팀이 주축이 되어 업무를 진행하고 있으나 인력이 부족해 많은 사무국 직원들의 도움의 손길이 필요합니다. 품이 드는 단순한 노동이 필요하기도 하거니와 고도의 정치적인 사항(?)들을 고려하여 회기를 진행하기도 합니다.

아울러 전문위원님들의 손길과 의견이 매우 필요한 부분이기도 합니다. 그러나 일부 전문위원님들의 무관심에 매우 실망하고 있음을 숨기지 않겠습니다. 그것은 다름 아닌 위원님들의 검토보고서와 심사보고서의 제출이 늦다는 것입니다.

'회의규칙'에 의하면 구청장이 제출한 조례안 등은 회의시작 10일 전에 서면으로 제출토록 되어있으며, 그리고 전문위원께서는 이를 검토하여 당해 안건의 위원회 상정일 48시간 전까지 소속위원들께 제출토록 되어 있음을 잘 알고 계시리라 믿습니다.

그렇다면, 8일간 전문위원께서 의안을 검토할 시간이 있으며, 개인적으로 8일간이면 충분하다고 생각합니다. 그러나 현실의 상황은 어떠하신지요? 혹시 전문위원님들께서는 48시간 전에 의사팀에 제출하면 된다고 오해는 하고 계시지는 않는지요?

다 그렇다는 것은 아니지만 48시간은커녕 하루 전에 의사팀에게 제출하는 경우가 비일비재하고 있습니다. 의사팀 직원이 전문위원 검토보고서나 심사보고서를 받기만을 기다리며 손을 놓고 있는 실정도 아니고 나름대로 의사진행과 관련한 여러 가지 일로 매우 바쁘게 움직이고 있음을 잘 알고 계실 것입니다.

심지어 모 전문위원께서는 한참 의사진행에 투입되어 신경을 곤두세우고 일하고 있는 의사팀 직원에게 전화하여 이제 검토보고서가 완료되었다고 통보하였다 합니다.(그것은 "이제 검토보고서가 완료되어 통보하니 니들은 빨리 프린트해서 의원님께 드려라." 하는 것으로 이해되어 저희의 인격을 모독한 것이 아닌가라는 생각까지 듭니다.)

위원님!

의사팀 직원이 검토보고서나 심사보고서를 프린트해서 의원님께 배포하는 소위 시다바리는 할 테니까 부디 48시간 훨씬 이전에 제출하여 주시기 바랍니다. 아울러 위원회 의사진행은 의사팀만의 일도 아니고 전문위원님들의 업무이기도 함을 관계규정을 한 번 더 읽어 보시기를 권합니다.

전문위원님!

저는 의사팀장으로서 저 개인뿐만이 아니고 고생하는 의사팀 직원들을 보면 안쓰럽기도 하고 팀장으로서 제가 무엇을 어떻게 해야 하는지 늘 고민하고 있습니다. 이 글은 의안업무까지 처리해야하는 우리 의사팀 직원들의 의견이 일부 포함되어 있음을 솔직하게 담기도 하였습니다.

위원님!

오늘 제가 서두에서 벗고자 했는데 얼마나 벗었으며, 어떻게 얼마나 이해해 주셨는지 모르겠습니다. 듣기에 따라서는 과격한 글이 일부 있었음을 이해해 주시기 바랍니다.

그리고 상하 동료들과 즐겁고 보람되게 일을 하며 그 일이 성과로 연결되어 상급자와 의원들께 인정되어 그 속에서 보람을 찾고 싶습니다. 어찌 보면 아주 단순하며 공무원생활이 아니더라도 직장생활을 하고 있는 봉급쟁이라면 꿈꾸는 단순한 소망일지도 모르겠습니다.

요 며칠간 업무처리와 관련하여 큰소리가 난 것을 매우 유감스럽게 생각하며, 서두에 밝혔듯이 특별한 감정이 없고 저의 장애 그리고 습관과 관련된 부분이 더 많다는 것을 깊이 이해해 주시기를 희망합니다.

읽어 주셔서 감사합니다.

심재훈 드림

타천(他薦)의
시대(時代)

명문대 입학 이후의 대표적인 등용문인 사법시험도 로스쿨 체제로 바뀌었다. 어렵더라도 1·2차 필기시험을 통과하기만 하면 됐던 행정고시에도 3명 중 1명이 떨어지는 면접이 도입됐다.

시험으로 자기 자신을 천거할 수 있었던 '자천(自薦)'의 시대에서 오디션에 나서는 가수지망생처럼 누군가의 낙점을 받아야 원하는 자리에 올라설 수 있는 '타천(他薦)'의 시대로 세상이 변한 것이다.

[매일경제 기획시리즈 – 분노의 시대②(2011. 9. 23)]에서 발췌

공무원은 인사발령에 따라 새로운 곳에 배치되면 설렘과 호기심 그리고 두려움이 교차합니다. 그것은 새로운 업무를 맡게 될 때 느끼는 보편적인 감정입니다.

새로 배치된 곳의 부서장은 계장들과 그리고 서무주임의 의견 등

을 참고하여 새로 온 직원이 무슨 일을 해 왔는지, 어떤 업무가 적합한지 또한 성격은 어떤지 등을 참고하여 업무를 분장하게 됩니다. 때로는 전입직원의 희망을 직접 듣는 배려를 하기도 합니다.

전입직원은 이러한 시스템에 익숙하여 순응하게 되며 별 무리 없이 조직이 돌아가는 관행으로 정착되어 왔습니다.

전입직원은 업무가 분장되게 되면 즉시 착수하는 과정이 있습니다. 일단 업무분장표를 보아 앞으로 맡게 될 업무가 무엇인지 인식하는 일입니다. 그리고 업무편람과 관련 규정을 살펴봅니다. 또한 전임자가 처리했던 문서를 구체적으로 파악하여 처리과정 등을 숙지합니다.

드물게는 누구의 일인지 애매할 때가 있는데 이럴 때는 상급자로부터 업무의 소관을 정하기도 합니다. 또한 주요 행사와 같이 혼자서는 도저히 추진할 수 없는 업무가 종종 있는데 이럴 때는 상급자의 직무명령에 따라 여러 직원의 협력과 협조 속에 업무를 추진하곤 합니다.

의회사무국의 업무도 다름 아닙니다.

관련규정으로는
① **지방자치법**

② 서울특별시 강동구의회 사무기구 설치 및 직원정수 조례

③ 서울특별시 강동구의회 사무기구 사무분장 규칙 등이 있는데

이 중에서 '전문위원의 업무'와 '의사(의안) 업무' 부분을 살펴보면 다음과 같습니다.

지방자치법	전문위원	제59조(전문위원) ① 위원회에는 위원장과 위원의 자치입법활동을 지원하기 위하여 의원이 아닌 전문지식을 가진 위원(이하 "전문위원"이라 한다)을 둔다. ② 전문위원은 위원회에서 의안과 청원 등의 심사, 행정사무감사 및 조사, 그 밖의 소관 사항과 관련하여 검토보고 및 관련 자료의 수집·조사·연구를 한다.
서울특별시 강동구의회 사무기구 설치 및 직원정수 조례	사무국장	제3조(사무국장) ① 사무국에 사무국장을 둔다. ② 사무국장은 의장의 명을 받아 의회의 사무를 총괄하고 소속직원을 지휘·감독한다.
	전문위원	제4조(전문위원) ① 소속 상임위원회(이하 "위원회"라 한다)의 위원장을 보좌하고 위원회 위원장의 지휘를 받아 사무를 처리하기 위한 전문위원과 필요한 직원을 둔다. ② 전문위원은 위원회의 의안을 검토하고 의사진행을 보좌한다. ③ 전문위원은 제1항 및 제2항의 규정에 따라 사무 이외에 일반적인 사무의 대하여는 사무국장의 지휘·감독을 받는다.
서울특별시 강동구의회 사무기구 사무분장 규칙	사무국장	제2조(사무국장)[1] 의사 및 의안에 관한 사항만 발췌 ② 의회 사무국장은 다음 각 호의 사무를 분장한다. 7. 정례회 및 임시회의 소집 운영에 관한 종합 조정 8. 정례회 및 임시회 의사진행 지원 및 보조 10. 각종 회의록 작성, 발간, 배부, 보존 및 열람에 관한 사항

1) 의사 및 의안에 관한 사항만 발췌

서울특별시 강동구의회 사무기구 사무분장 규칙	사무 국장	11. 각종 의안의 접수, 인쇄, 배부, 이송 처리 종합 12. 의안심의에 필요한 자료수집, 조사연구 및 지원에 관한 사항 13. 청원·진정서 접수 및 처리에 관한 사항 14. 의결문서의 보존, 발간, 이송 등 처리 총괄
	전문 위원	제3조(전문위원) ① 의회 상임위원회 및 특별위원회(이하 "위원회"라 한다)소속의 업무를 처리하기 위해 두는 전문위원별 직급은 별표와 같다. ② 전문위원은 다음 각 호의 사무를 분장한다. 1. 조례안, 예산안, 청원 등 소관 안건에 대한 검토보고 2. 각종 의안을 비롯한 소관 사항에 관한 자료의 수집·조사·연구 및 소속위원에 대한 제공 3. 위원회에서 각종 질의 시 소속위원에 대한 자료의 제공 4. 위원회 의사진행 보좌 5. 위원회 주관 공청회, 세미나, 간담회 등 운영 6. 그 밖에 소속위원회 소관에 대한 사항

또한 업무분장표만으로는 업무의 파악이 부족하면 또 다른 규정을 살펴보는데 이는 ④ **서울특별시 강동구의회 위임전결 규정**을 보아야 합니다. 이 위임전결규정에는 업무의 중요도와 성격에 따라 전결규정을 두고 있는데 다른 각도에서 보면 업무담당자가 추진해야 할 내용을 상세히 규정하고 있음을 알 수 있습니다.

역시 전문위원의 담당업무와 의사(의안) 업무를 살펴보겠습니다.

위임전결규정에는 '의장권한사무', '사무국장권한사무', '위원회권한사무'로 나뉘어져 있는데 다음과 같습니다.

의장권한사무

의사관리	1. 의사운영의 기본계획 수립 및 조정 2. 의회의 본회의 집회요구서 처리 3. 회의소집 공고 4. 본회의 의사일정의 작성 5. 본회의장 의석 배정에 관한 사항 6. 본회의장 녹음, 녹화, 촬영, 중계방송 등의 허가 7. 의원의 이동에 관한 사항 8. 의원의 청가 및 결석에 관한 사항 9. 본회의 방청 및 참관 허가
회의록 발간	1. 회의록 발간 기본계획 수립 2. 회의록 원고의 열람, 복사 및 녹음 복사 3. 회의록 자구 정정 접수 처리 4. 회의록 배부 및 배부선 관리
의안·청원 및 의원요구 자료 등의 처리	1. 의안 　가. 접수 보고 및 위원회 회부 　나. 본회의 보고 　다. 심사보고서 접수 　라. 조례안 등 의결사항 이송 　마. 집행기관 등의 처리결과 보고 　바. 철회의 승인 2. 청원 　가. 접수 보고 및 위원회 회부 　나. 본회의 보고 　다. 심사보고서 접수 　라. 채택의견서 이송 　마. 집행기관 등의 처리결과 보고 　바. 심사기간 연장 승인 　사. 철회의 승인 　아. 처리 단계별 통지 3. 의원의 자료 제출 요구 허가 4. 서면질문서 접수 보고 및 처리 5. 위원회 관련 각종 통계자료 작성 및 발간에 관한 사항 6. 위원회 의안처리 및 회의상황 종합에 관한 사항 7. 위원의 선임에 관한 사항

사무국장권한사무

회의록	1. 회의록 원고작성 계획수립 및 진도관리 2. 회의록 원고 교정 및 편집 지도 3. 회의록 인터넷서비스 입력 및 관리 3. 속기요원 배치 계획 수립
기 타	1. 회의록 작성 관련 물품구매 및 장비관리 2. 보존 회의록 관리
의안·청원 및 의원요구 자료 등의 처리	1. 의안 및 청원문서의 보존관리에 관한 사항 2. 이송조례안 공포통지서 접수관리에 관한 사항 3. 의원 요구자료 및 서면질문서의 보존관리에 관한 사항 4. 의안 및 청원 등의 전산자료 및 통계자료 관리에 관한 사항
위원회	1. 위원회 관련 각종 통계자료 작성 　가. 일반적인 사항 　나. 중요자료 작성 및 발간 2. 의원 또는 위원회가 요청한 자료의 접수 처리에 관한 사항 　가. 의원이 요청한 자료 　나. 위원회가 요청한 자료
진정서 접수 및 통보	1. 진정서 접수 2. 해당위원회 이첩 3. 위원회 진정서 처리현황 관리

위원회권한사무(전문위원)

의안·청원 심사	1. 의안의 예비심사 및 검토보고서 작성 2. 소관위원회의 의안, 청원 관련자료의 요구 3. 의안·청원의 심사 보고
자료작성 등	1. 행정사무감사, 조사계획서 작성 및 결과 보고 2. 위원회관련 각종 통계자료 작성 및 평가 3. 의안관련 세미나, 연수회, 공청회 등 자료 준비 4. 각종 의안을 비롯한 소관사항에 관한 자료의 수집, 조사, 연구 및 소속의원에 대한 제공 5. 위원회 소속위원에 대한 질의자료 제공

위원회 행사	1. 소관위원회 세미나, 간담회 등에 관한 사항
기타	1. 위원장 직무대리 보고 2. 부위원장의 선임 및 사임 보고 3. 본회의 중 위원회 개최 승인 4. 소위원회 구성 보고 5. 특별위원회 구성 보고

읽어보시느라 수고하셨습니다.

간단히 요약하자면,

전문위원은 안건의 내용과 질의 고농도 업무를 추진하고,

의사팀은 회의진행이나 기록유지 그리고 형식이나 절차 등 매우 허접한 업무를 하고 있음을 알 수 있을 것입니다.

그동안 의안업무 일체가 의사팀으로 이관되면서 의사팀은 추가 인원 보충이 없는 관계로 실질적인 업무추진자인 이학수 주임과 최홍정 주임이 의사팀 업무를 수행하고 있었습니다. 두 사람의 과중한 업무로 인하여 실무 담당에서 벗어나 업무를 총괄하고 조정을 해야 할 의사팀장도 본회의 진행 일체를 추진하기 위하여 의사일정 작성과 시나리오를 직접 쓰고 운영위원회 진행에도 참여하는 등 고육지책으로 업무를 추진해 오고 있는 실정입니다.

또한 2008년 2명의 전문위원에서 4명으로 보강된 전문위원이 작성한 검토보고서나 심사보고서가 도착되면 각 위원회를 담당하

는 2명의 의사팀 직원이 이를 40~50부 정도 복사하여 각 상임위와 본회의에 이송배부 하는 등 의원님의 안건심사를 돕고 있습니다. 그러나 검토보고서나 심사보고서를 제때에 건네주기는커녕 회의 당일에 글씨가 틀렸다하여 다시 40~50부를 복사하는 일이 비일비재하여 속을 끓여야 하는 경우가 너무도 많습니다.

각설하고 이제 이 글을 쓰게 된 본론으로 들어가고자 합니다.

마지막 정례회에는 주요일정 중 하나인 행정사무감사가 있으며 그 앞의 회기에는 정례회의 행정사무감사를 하기에 꼭 필요한 '위원회별 행정사무감사계획'의 채택과 의원님의 행정사무감사를 위한 '서류제출요구의 건'을 반드시 채택하여 구청으로 이송하여야 합니다. 행정사무감사와 서류제출은 본회의보다는 위원회의 주요 업무라 할 수 있습니다.

따라서 의사팀은 본 서류제출요구의 건을 처리하기 위하여 전 의원님들께 '2011 행정사무감사관련 서류제출 요구 목록 제출안내'라는 공문서를 작성하여 의원님들께 알려드리고자 하였습니다.

관계규정 등인 "지방자치법 제59조(전문위원) ② 전문위원은 위원회에서 의안과 청원 등의 심사, 행정사무감사 및 조사, 그 밖의 소관 사항과 관련하여 검토보고 및 관련 자료의 수집·조사·연구를 한다."에 따라 의원님께서 요구하실 자료는 해당 위원회 소속

전문위원께 제출토록 안내하고자 하였습니다.

이미 다 아시는 사항이지만 공문서가 완성되어 시행하기 위해서는 몇 가지 절차를 거쳐 최종 완성되며 효력을 갖게 됩니다.

그러나 참으로 어처구니없는 일이 벌어지고 말았습니다.

결재과정의 일입니다.
① 주무관 기안 작성→ ② 의사팀장 검토→ ③ 김○○전문위원 협조→ ④ 김○○전문위원 협조→ ⑤ 이○○전문위원 협조→ ⑥ 김○○전문위원 협조→ ⑦ 사무국장 최종전결 결재→ ⑧ 문서 시행의 순서로 진행되어야 할 것으로 판단하였습니다.

김○○전문위원께서는 협조란에 기록하기를 "동의할 수 없음, 사전 협의과정이 필요함."으로 의견을 기록하고 '날인'하였으며, 김○○전문위원께서는 "사전 협의 없었음."이라는 의견을 기록하고 본 문서를 '반려' 처리하였습니다.

문서에 적시된 업무의 시행여부는 최종 전결권자만이 가능한 일이며, 중간 결재나 협조란에 있는 사람들은 오직 자기의 의견만 기록하게 되어 있는 것이 주지의 사실입니다.

관련규정에 적시된 내용을 가지고 '협의'를 해야 된다는 의견도

가당치 않을뿐더러 중간 협조자가 문서를 '반려' 처리함으로써 문서를 시행하지 못하는, 오도 가도 못하는 상황에 봉착하게 된 것입니다.

앞에 살펴본 관계규정에는 전문위원이 할 일과 의사담당 직원이 할 일이 너무도 명확하게 규정되어 있습니다. 문구하나 토씨 하나하나를 전문적으로 다루는 전문위원이 관련규정을 모를 리 없다고 생각됩니다.

'협의'라 함은 업무추진과정에서 필연적으로 참여를 유도하기 위하여 예견되는 관련 담당(또는 계과장)의 의견과 협력을 이끌어 내기 위하여 쓰는 말이라고 생각합니다.

다 같은 의장님 그리고 위원장님 사무국장님 휘하에 있는 직원들이 무엇을 협의를 한다는 말입니까? 무슨 중요한 행사를 추진하는 일입니까?

"시험으로 자기 자신을 천거할 수 있었던 自薦" 공무원이 '분노의 시대'를 지나가고 있습니다.

긴 글 읽어주셔서 감사드립니다.

2011. 9. 23
의사팀장 심재훈

복지애환(福祉哀歡)

　최근 세 분 사회복지공무원들의 연이은 비보를 접했습니다.
　아마 지금쯤 또 다른 복지공무원들이 험한 마음을 먹고 있는 것
은 아닌지 걱정이 됩니다.

　마음이 무겁습니다.

　복지부서에서 근무하는 공무원은
　얼마 동안만 근무하면 다른 곳으로 갈 수 있다는 희망이 있습
니다.
　사회복지직은 평생을 근무해야 한다는 각오가 있을 뿐입니다.

　공무원이 퇴근을 합니다.
　오늘은 별 약속도 없어 집에 일찍 왔습니다. 아내는 일찍 퇴근

했다며 좋아합니다.

함께 시장을 가자고 합니다. 시장을 보는 내내 이런저런 이야기를 나눕니다.

집에 와서도 아이들과 이것을 묻기도 하고 저것을 듣기도 합니다.

이번 토요일 어디를 놀러가자고 약속도 합니다. 식구들이 다 좋아합니다.

행복? 뭐 별거 아닙니다.

복지담당 공무원이 퇴근을 합니다.

아이들은 이미 잠이 들어 있습니다. 저녁은 제대로 챙겨먹었는지 걱정이 됩니다.

보아하니 씻지도 않은 듯합니다. 공부는 열심히 하는지, 학원은 잘 다니고는 있는지, 요즘은 어떤 친구와 어울리고 있는지도 궁금합니다.

곤하게 자고 있는 아이를 깨울 수가 없습니다.

남편이 쳐다보고 있습니다. 이제는 늦게 오는 것이 만성이 되어서인지 멀뚱멀뚱 쳐다보기만 합니다. 그래도·오늘은 별말 없이 TV만 보고 있습니다.

피곤합니다. 대충 씻고 남편 옆에 앉아 TV를 보고 있습니다.

TV가 눈에 들어오지 않습니다. 그저 멍합니다. 피곤합니다.

다른 사람도 이렇게 살까? 잠시 생각하다가 어느새 잠이 듭니다.

○○○에서 공문이 왔습니다.

화재에 취약한 수급자 일부에게 소화기를 주겠으니 대상자를 선발해 달라는 내용입니다. 좋은 일입니다. 수급자 전부라면 행복e음(사회복지통합전산망=사통망)에서 전체 명단을 뽑아 주면 간단한 건데 일부만 주겠다고 하니 할 수 없이 동주민센터 복지담당에게 공문을 보내야 합니다. 제출 날짜까지 정해서 공문을 보내서 명단을 제출받아 작업하여야 합니다. ○○○은 사업실적으로 빛이 나고 복지직은 누군 되고 누군 안 되냐는 민원전화만 오지 않으면 다행입니다.

어린아이가 범죄로부터 노출되어 불행한 일을 겪었습니다.
행안부에서 복지부로 복지부는 서울시로 서울시는 구청으로 공문이 시달되었습니다. 저소득 초등학생에게 긴급 시 연락할 수 있는 U안심서비스(SOS단말기제공)를 제공하니 대상자 명단을 제출하라고 합니다. 필요경비는 KT에서 지원한다고 합니다. 동주민센터에 공문을 보냅니다. 동 복지담당은 수급자 명단 중 초등학생 가정에 일일이 전화를 하여 서비스가 필요한지를 물어 명단을 작성하여 구청에 제출합니다. 대상자 가정에 공문을 만들어 보낼 시간도 없고 공문을 보내봐야 실효도 없다는 것을 잘 알고 있습니다. KT는 저소득층 시혜사업으로 빛이 나고 동 복지직은 같은 말을 여러 번 반복하여 침이 바짝바짝 마릅니다.

20일, 수급자 생계급여와 주거급여를 지급하는 날입니다.
며칠 전부터 호흡을 가다듬고 있습니다. 계좌번호는 맞는지, 그간 사망자는 없는지, 계좌번호를 바꾸고도 신고는 했는지, 신규 수급자가 누락되지는 않았는지, 탈락된 수급자가 포함되지는 않았는지, 압류된 계좌인지 아닌지 챙겨볼 게 하나 둘이 아닙니다. 엑셀로 출력하여 꼼꼼히 살펴보고 틀린 것은 정정입력하고 또 다시 출력하여 살피기를 여러 차례 거듭합니다. 눈이 침침합니다. 드디어 결재를 올립니다. 별 탈 없이 돈이 잘 들어가야 할 텐데 걱정이 앞섭니다. 20일은 수없이 민원전화가 올 것을 각오하고 있지만 그래도 일단 한고비를 넘겼습니다. 20일이 지나 입금이 안 된 가구를 추출하여 또 다시 작업에 돌입합니다. 이번 달은 대상이 50여 가구라 참 다행입니다.

따뜻한 겨울 보내기 성금 모금의 계절이 다가왔습니다.

계장은 일단 계획부터 수립하라고 합니다. 공무원은 일단 계획서 만들기부터 시작하는 것이 중요하다고 가르칩니다. '빨리 목표액을 달성하는 것이 중요하지 계획서가 그렇게 중요할까.'라는 의문과 함께 구청에서 시달된 계획서와 작년의 계획서를 살펴보기 시작합니다. 사실 따뜻한 겨울 보내기 성금 모금은 동장님이 더 관심이 있어 거의 동장님이 다 모은다 해도 과언이 아닙니다. 그래서 고맙고 미안하기도 하지만 나라고 해서 노는 것은 아닙니다. 후원된 쌀이며 라면 그리고 성금을 골고루 나누어 주려면 우선순위에 따라 잘 지급해야 합니다. 후원된 쌀이며 라면을 3층 회의실까지 짊어 올리려면 남자직원들의 신세를 져야 하기 때문에 평소에 눈치도 잘 봐 둬야 합니다. 어디 그뿐인가요? 전달식 사진 찍

은 다음에 병약한 어르신은 집에까지 배달도 해 줘야 합니다. 누
군 주고 누군 안 준다고 민원만 없으면 다행입니다.

10월 경로의 달이라 어르신 잔치를 합니다.

옛날에는 어르신 모셔 국밥에 떡, 막걸리면 되었다고 하는데 이
제는 어림도 없습니다. 그렇다고 경비가 구청으로부터 충분히 내
려오지도 않습니다. 동장님도 나름대로 경비 때문에 걱정이 많으
신 모양이나 제가 돈에 대해서는 도울 일이 별로 없습니다. 먹고
마시는 것으로 끝나는 것이 아니기 때문에 이벤트를 준비해야 합
니다. 돈만 된다면 국악인과 밴드 부르면 간단한데 유치원 꼬마들
을 부를까 등을 연구해 봅니다. 주민자치 총무를 만나 이런 저런
의논을 해 봐야겠습니다. 행사당일 쓸 식탁이며 접의자 기타 집기
류를 빌려야 합니다. 또 남자직원들에게 부탁해야 하기 때문에 평
소에 잘해 둬야 합니다. 공익이 말을 잘 들어야 할 텐데 걱정이 많
습니다. 행사 당일 술에 취한 어르신 한 분이라도 넘어져 다치지
않기를 바랄 뿐입니다.

아침 일찍 허름한 옷차림의 아저씨가 벌써 와 계십니다.

아니나 다를까 나를 찾아온 주민입니다. 컴퓨터를 켜고 업무준
비를 하기도 전에 상담을 시작합니다. 아파서 병원을 가야 하니
빨리 수급자로 만들어 달라는 내용입니다. 일단은 들어줘야 합니
다. 그리고 설명하기 시작합니다. 신청서 작성이며 일련의 과정까
지 자세히 알려줍니다. 그러나 납득하지 못합니다. 화를 내기 시

작합니다. 아침부터 진땀을 빼기 시작합니다. 어찌어찌 해서 겨우 보냈습니다. 가정 사정이나 형편을 들어보니 수급자로 책정되기는 어렵다는 생각이 들기는 하나 그런 얘기마저 했다가는 맞아 죽을 것 같습니다. 고단한 하루의 시작입니다.

점심을 먹는 둥 마는 둥 하고 일찍 사무실로 들어왔습니다.

10~20분 정도 인근 공원을 돌고 왔으면 좋으련만 혹시 누가 와서 기다리면 어쩌나 걱정이 되었습니다. 다른 직원들은 말 할 것도 없고 새로 온 신입직원도 맹탕이기 때문입니다. 아니나 다를까 연세 지긋한 아주머니께서 노기 띤 얼굴로 앉아 계시고 신입은 안절부절못하고 있습니다. 무슨 서류를 획 집어던지며 냅다 소리지르기 시작합니다. 반말은 기본이고 욕설은 보너스, 협박은 옵션입니다. 서류를 살펴봅니다. 소득인정액이 초과되어 수급자를 탈락시킨다는 구청에서 보낸 안내장입니다. 간단한 내용이지만 컴퓨터를 보며 그 사유를 살펴봅니다. 부양의무자인 출가한 자녀의 소득이 있었기 때문입니다. 내용을 설명합니다. 듣지도 않고 고함입니다. 뒷자리를 쳐다보니 계장이 나서 줍니다. 계장이 데리고 가 옆자리에 앉도록 합니다. 얼른 차 한 잔을 타서 드립니다. 다행이 큰소리가 잦아지더니 조금 지나자 조용해졌습니다. 민원인은 나이 든 남직원과 나이 어린 여직원을 구분해서 대하는 것 같습니다.

아침부터 전화통에 불이 납니다.

손자 돌보는 할머니에게 40만 원을 준다는 아침 TV 뉴스를 보고 출근했는데 그것 때문입니다. 나도 모르는 일이라 시원하게 대답할 수가 없습니다. 실망스런 주민의 빈정대는 말을 여러 번 더 들어야 합니다. 언젠가는 또 다른 모습의 복지가 우리를 더 어렵게 할 것입니다.

벌써 한 시간째 어르신과 씨름을 하고 있습니다.

같은 말을 반복하고 저도 같은 대답을 반복하고 있습니다. 어떻게 이야기를 해야 한 방에 알아들을 수 있는 비결은 없는지 안타깝습니다. 다른 직원들이 상대하는 민원인은 간단한 대답으로서 끝나지만 제가 상대하는 민원인은 그런 적이 별로 없습니다. 다른 직원들이 상대하는 민원인은 가끔 서로 웃으면서 이야기를 나누지만 내가 상대하는 민원인은 늘 화난 얼굴들과 안타까운 얼굴들뿐입니다. 어쩌다 젊은 주부와 상담할 때면 머리털이 서기도 합니다. 기분이라도 조금 상했다고 느껴지면 인터넷에 가차 없이 불친절한 공무원으로 매도시켜 버립니다. 특별히 불친절한 행위도 없었는데 말입니다. 아무도 저를 이해해주려고 하지 않습니다. 뒷일 감당이 어렵습니다.

의회가 열립니다.

서무주임이 이번 의회는 업무추진실적 보고이니 빨리 달라고 거품을 물고 있습니다. 계장은 숫자가 틀린 것은 용서가 없다고 공갈입니다. 대상 가구며 대상자 등 기본적인 현황부터 시작하여 지급 금액까지 꼼꼼하게 살펴야 합니다. 중간 중간에 간주처리된 것이 빠지면 큰일 납니다. 분명히 지급했는데 계좌번호가 틀려 미지급된 것이 포함되었는지 정확해야 합니다. 겨우 작성한 자료를 보더니 계장은 내용부터 묻고는 글씨체며 간격 크기까지 지적합니다. 고치기를 여러 번 거듭합니다. 뭐 의회자료뿐만이 아닙니다. 이 부서 저 부서에서 무슨 자료 요구하는 게 그렇게 많은지 계 주임은 자료작성에 세월 다 보내고 있습니다.

요즘 공기가 안 좋습니다.

계장과 과장이 무슨 일을 벌이려고 하는 것 같습니다. 웬일인지 저녁까지 산다고 합니다. 이야기인즉슨 "그간 간부회의 자료에 제출할 것이 너무 없었으니 남들이 보면 우리 과는 노는 것으로 생각할 것이다. 그러니 이러저러한 일을 해 보자."라는 것입니다. 밥맛도 없고 걱정이 되어 가슴이 먹먹합니다.

○○교육을 받아야 한다고 합니다.

교육 내용은 좋은 듯합니다. 그러나 그 시간에 밀릴 일을 생각하면 교육도 달갑지 않습니다. 서무주임은 우리 부서에 할당된 부분이 있으니 강제로 차출한다고 으름장입니다. 우리 조직은 교육이 너무 많은 것 같습니다. 내가 그렇게 열등한 존재인가? 우울합니다.

사무실이 조용합니다.

퇴근시간이 훨씬 지났기 때문입니다. 서무주임과 나 단둘이 있습니다. 오늘은 서무주임이라도 있어 다행이지 혼자 남아 있는 날은 무섭습니다. 나는 서글프게도 이 시간이 좋습니다. 전화도 없고 민원인도 없기 때문입니다. 오늘 할 일은 낮에 상담했던 몇 분의 복명서를 작성하는 일과 엑셀작업이 있습니다. 어떻게 태어났고 공부는 어디까지 했으며 누구와 결혼을 했고 누구와 이혼을 했으며 등 상담하면서 메모했던 노트를 뒤적입니다. 최소한 A4용지 반 이상은 채워야 합니다. 즐겁고 희망찬 내용은 하나도 없습니다. 모두 팍팍하게 살아가는 어려운 사람들의 가정사입니다. 나도 덩달아 우울해집니다.

아이를 업은 허름한 차림의 아주머니가 내 앞에 왔습니다.

민원인은 아닌 것 같은데 쭈빗쭈빗하며 검은 비닐봉지를 슬며시 나에게 줍니다. 열어보니 오렌지 팩이 하나 들어 있습니다. 나는 "아!" 하고 탄성이 나옵니다. 몇 달 전 담당 통장님이 갑자기 어려운 가정이 생겼다고 하여 부녀회장님께 말씀드려 김치 한통과 불우이웃돕기 기간에 후원된 쌀 한 포를 가지고 찾아가 드린 적이 있는 가정의 아주머니였기 때문입니다. 그 이후로 쌀을 한 번 더 드린 적이 있었지만 바쁜 일 때문에 '자주 가봐야지' 하고 마음만 먹고는 잊어버렸습니다. 찾아 뵐 당시 단칸방에 어린 아이들이 세 명이었으며 남편 분은 등을 돌리고 앉아 나와 통장님을 돌아보지도 않았던 기억이 납니다. 아마도 남자의 자존심 때문이었을 것이라고 짐작했습니다. 오늘 찾아온 아주머니의 말씀은 그동안 남편이 허리를 다쳐 일을 못하다가 많이 호전되어 버스회사 운전사로 취직해서 이사를 가게 되었으며 그동안 복지담당의 배려가 참으로 고마웠다는 말씀이었습니다. 고맙다고 내민 오렌지 주스를 차마 거절할 수가 없었습니다. 자주 살펴보지 못한 안타까움과 일부러 찾아 준 고마움에 마음이 짠합니다.

남쪽에는 매화꽃이 한창이라고 합니다.
꽃구경 한 지가 언제던가 기억이 가물가물합니다.

「구민신문」 특별기고 게재 [2013-04-03 오후 1:48]

2013년 사회복지과 최고의 해

구내식당을
고민합니다

"수염이 대 자라도 먹어야 양반이다."

저는 구내식당을 자주 이용하는 편이며 점심을 해결하기 위하여 동료들과 한참동안 줄에 서 있으면서 이런저런 생각을 해 보았습니다.

근래 구내식당이 매우 혼잡해졌으며 이렇게 혼잡한 이유는 구내식당을 이용하는 분들이 많아졌음을 뜻합니다. 구내식당의 속성상 품위 있는 한 끼의 식사는 못될지라도 직원들과 담소를 나누면서 여유롭게 할 수는 없을까 하고 고민을 해 보았습니다.

이 글은 지극히 저의 개인적이 견해이며 사실과 다를 수 있다는 것을 미리 말씀드립니다.

먼저 청사 주변의 음식점들에 대하여 살펴보겠습니다.

이는 구내식당과 더불어 우리들의 식사를 해결하기 위하여 반드시 필요한 곳들이기 때문입니다. 이미 아시는 사실입니다만 전국의 대부분 공통 현상으로 어느 업소는 맛으로 또 다른 업소는 가격으로 서로의 경쟁력을 높여가며 관공서 주변에는 많은 음식점들이 있습니다. 이는 그 관공서에 근무하는 직원들 그리고 그 직원들과의 관계된 사람들을 타깃으로 간판을 내걸었기 때문입니다.

그러나 최근 들어 구청주변의 일부 업소들의 간판이 바뀌는 것을 목격할 수 있습니다. 앞으로는 이러한 간판 바뀜을 자주 목격하게 될 것입니다. 그리고 4~5년 후 아마 50년대 출생 군번들이 현직에서 완전히 은퇴하는 때쯤이면 구청 주변 음식점의 숫자는 확연히 줄어들 것입니다.

이유는 간단합니다. 장사가 안 되기 때문이지요. 식자재 값은 계속 오르고 임대료나 종사자 인건비 등 지출은 점증하는데 식사를 하기 위해 업소를 찾는 사람은 점점 줄어들어 수지를 맞추기가 어려워진 이유일 것입니다.

재화와 용역이 거래되는 곳을 '시장'이라고 정의한다면 청사 밖 음식점들은 이 시장원리에 철저히 적용되는 곳입니다.

장사 안 되는 이유와 음식 문화의 변화에 대하여 살펴보겠습니다.

지난 날 많은 선배들이 흔쾌히 지갑을 열어 후배에게 밥과 술을 사주었고 후배는 이를 고맙게 생각하며 부담 없이 먹었습니다. 때로는 당연하다고도 생각했습니다. 선배가 후배에게, 상급자가 하급자에게, 부서장이 직원들에게, 남자가 여자에게 기꺼이 지갑을 연 때문인지도 몰라도 윗사람을 예우하며 대접해주는 풍토가 우리에게 있었습니다. 이는 비단 우리 조직만의 문화라기보다는 사회 전반적인 문화였을지도 모르겠으나 대체로 그러한 것은 부인할 수 없을 것입니다.

우리는 밥과 술을 매개로 하여 불평불만을 쏟아내기도 하였으며 업무의 노하우를 전수하고 정을 나누고 서로를 위로하고 격려하며 결속하였습니다. 그 밥값이며 술값으로 지출되는 선배의 지갑이 어떻게 채워지는지 대충 짐작하면서 말입니다. 그 선배가 지갑을 여는 곳은 대체로 청사 밖 음식점이었습니다.

정권이 여러 차례 바뀌고 IMF를 거치면서 모든 국민에게 직접적으로 경제 불황의 여파가 닥쳤으며 우리 조직도 이를 비켜갈 수가 없게 되었습니다. 주거비와 생활비는 폭등하였고 불황을 학습한 부모는 극심한 경쟁에 살아남으려 자녀 교육비에 대거 투자하기 시작했습니다. 그 언제부터인가 가정경제의 패권을 아내가 거머쥐게 된 이후 도저히 지갑을 채울 방법이 없어졌습니다.

또 다른 변화는 본의 아니게 검약을 실천하는 부모님을 보고 배운 공무원들이 부잣집의 자제들이 아닌 중산층 이하의 자제들로서 역시 검약이 몸에 자연스럽게 배어 씀씀이가 헤프지 않습니다. 또한 남녀 구분 없이 '내가 먹은 것은 내가, 네가 먹은 것은 네가'에 익숙한 세대가 주력을 차지하게 되었으며 남성보다는 검약에 철저한 여성들이 압도적으로 우리 조직에 유입되어 앞에서 언급한 50년대 출생 군번들과는 전혀 다른 문화가 지배하게 된 것입니다.

그 외 신용카드 사용의 일반화로 세원이 완벽하게 노출되었다든지, 손쉽게 장사를 할 수 있는 분야가 음식점이라 수요보다는 공급이 넘쳤다든지 등의 여러 이유가 있을 수도 있겠군요.

자, 이제 구내식당에 대해 고민하고자 합니다.

우리는 어머니께서 정성껏 장만해 주신 음식을 먹고 자랐습니다. 일반 음식점처럼 반찬 가짓수가 많지는 않을지라도 어머니께서 해 주신 음식은 정말 맛이 있었고 그것을 영원히 잊지를 못합니다. 아주 중요한 사실은 자식을 사랑하는 어머니의 마음이 손끝에 전해져 그 음식 속에 녹아있었다는 것입니다.

구내식당이든 일반음식점이든 어머니의 사랑이 담긴 음식과는 비교할 수가 없을 것입니다. 그러나 분명한 것은 구내식당은 이윤 추구가 목적인 일반음식점과는 다르다는 것입니다. 물론 여러 가지 이유 때문에 구내식당 운영을 외부에 위탁했다면 이야기는 또 달라지겠지만 말입니다.

　우리가 자주 이용하는 구내식당은 영양사 선생님의 계획된, 최적의 식단에 따라 식자재를 구입하고 음식을 만들고 있습니다. 이용하는 사람들의 건강을 생각해서 소금도 덜 쓰고 말 많은 조미료도 최소화하겠지요. 또 음식을 만드시는 종사들에게 청결을 강조하실 것이고요. 이윤추구가 목적이 아닌 것만은 분명해 보입니다. 그렇게 만들어진 음식은 선택의 여지가 없어서 그렇지 그 질은 일반음식점과 견주어 조금도 손색이 없으며 오히려 더 낫다는 것이 저의 개인적인 생각입니다.

　구내식당이 이렇게 혼잡해지는 이유는 무엇일까요? 그것은 가격이 아닐까요? 즉 먹을 만한 음식인데 가격이 싸다는 것입니다. 직원들의 후생복지차원의 구내식당이 직원은 물론 주민까지 몰려 혼잡하게 된 것은 바로 이 저렴한 가격 때문이고 또 구내식당이니 신선하고 깨끗한 식자재를 쓸 것이라는 믿음 때문입니다.

　구내식당은 특정 다수의 사람만이 이용하는 식당입니다. 그러나 현재는 불특정 다수의 사람들이 이용하고 있습니다. 점점 도떼기시장처럼 변해가고 있습니다. 여유로운 식사는 고사하고 허겁지겁 후딱 먹어치우고 빨리 자리를 떠야 하는 상황입니다.

　'싼 가격에 비해 질 좋은 한 끼 식사' 바로 이것이 문제인 것입니다.

청사 주변의 점심값은 대략 5,000원, 6,000원, 7,000원 정도입니다. 물론 그 이상도 있고 이하도 있지만 논외로 하겠습니다. 그에 비해 구내식당의 음식 값은 시장의 원리로만 따지자면 터무니없이 낮은 가격입니다. 바로 이 점이 직원들에게 긴 줄을 마다않고 서게 만들고 불특정 다수의 사람들을 불러들이는 요인이 되고 있으며 더욱 더 혼잡하게 될 것은 명약관화합니다.

우리가 간과하고 있는 부분이 있습니다.

가족의 생계를 책임지고 있는 어느 음식 솜씨 좋은 어머니께서 며느리와 함께 사무실이 밀집한 지역에 비싼 임대료를 지불하고 내부수리를 거쳐 각종 집기를 장만하고 대박의 꿈은 아닐지라도 내 가족의 생계를 걱정하면서 음식점을 열었는데 공교롭게도 근처의 모든 회사가 구내식당을 운영하고 있다면 시장조사를 잘못한 어머니만을 탓해야 할까요? 물론 어머니 잘못이 크다 할 수 있겠지만 그 어머니의 가슴 속에는 구내식당을 운영하는 근처 회사의 방침에 서운한 마음을 가지게 될 것은 분명합니다.

실제로 상일동에 S사를 비롯한 여러 회사가 입주한다는 소식에 인근 여러 음식점들이 비싼 임대료에도 불구하고 내부수리를 거쳐 개업하였으나 기대만큼 영업이 잘된다는 소식을 듣지 못했습니다. 우리도 매월 마지막 금요일은 '지역경제 활성화의 날'로 정하여 구내식당을 운영하지 않고 청사 밖 음식점을 배려하는 정책을 펴고는 있지만 얼마나 도움이 되는지는 알 수 없습니다.

일반 회사의 구내식당이라면 이러한 고민이 필요 없습니다. 그러나 우리의 구내식당이 일반 회사와 다르다는 것, 그것은 구내식당을 찾으시는 분들도 우리 구민이고 청사 밖 음식점 주인들도 대부분 구민이며 우리와 관계된 분들이라는 데 고민이 있는 것입니다.

그렇다면 시장원리로만 설명할 수 없는 구내식당 운영을 직원, 주민 그리고 음식점들 모두에게 이익이 되는 방법이 있는가? 그 방법은 무엇인가?

이 상태가 계속 유지된다면,
누가 이익을 보고 있는가?
누가 손해를 보고 있는가?
그 이익과 손해의 형량은 적정한가?

구내식당의 가격조정 등 운영 상태를 변경한다면,
누가 이익을 보게 될 것인가?
누가 손해를 보게 될 것인가?
그 이익은 적정하며 손해를 본다면 어느 정도 감수할 것인가?

어떻습니까? 저의 판단기준이 적정한가요?

좋습니다. 적정하다고 가정하고 가격조정을 하고자 합니다. 순전히 개인적인 견해입니다.

일반 음식점의 점심식대를 평균적으로 6,000원으로 보고
직원 외 일반인은 6,000원×(±)80% 정도를
직원은 6,000원×(±)70% 정도로 조정.

마지막으로 한 가지 바라는 사항이 있습니다.
우리 구내식당의 운영에 대하여 의사결정권을 가지신 분들께서 가끔씩 구내식당에 들려 식사도 해보시길 권합니다. 다소 침침한 지하에서 줄을 서 보고 식판을 들고 빈자리는 어디인가 두리번거려도 보십시오. 그리고 영양사 선생님과 종사자분들에게 맛있게 먹었노라고 격려의 말씀을 하신다면 더 좋겠습니다.

이 글은 그리고
시간이 남아서, 할 일이 없어서, 심심풀이로 이런 글을 쓰고 있구나 하고 치부해 버리지는 마십시오. 어쩌면 심각하게 고민할 부분도 있음을 이해하여 주시기 바랍니다.

읽어 주셔서 감사합니다.

2013. 9

학교에서
가르쳐 주지
않는 것들
〈주민등록과 가족관계등록〉

　사회생활을 하면서 관공서나 은행에 가장 많이 제출하는 기본적인 서류 중에 아마도 '**주민등록 등본 및 초본**'이나 '**가족관계증명서**'가 가장 많이 제출하는 서류가 될 것입니다. 오늘은 이 두 가지 서류의 기본 개념에 대하여 알아보겠습니다.

　간단히 말씀드리면, '**주민등록**'은 '**어느 곳에서 누구와 사느냐**' 즉 '**거주의 관계를 기록한 것**'이며, '**가족관계등록**'은 '**나는 누구이며, 나와의 핏줄은 누구인가를 개인별로 기록한 것**'이라고 생각하시면 될 듯합니다.

[주민등록]
　사전을 찾아보니 '**주민등록**'을 '**주민등록법에 따라서, 모든 주민**

을 실제 거주하는 주소지의 시·군·읍 따위에 등록하게 하는 일'
이라고 되어 있군요. 그렇습니다. 주민이 등록된 것입니다. 그러
니 이 글을 읽고 계시는 여러분은 이미 등록되어 있겠군요. 자! 그
러면 슬슬 시작해 볼까요?

사람이 태어나면 한 달 이내에 거주하는 동주민센터에 출생신
고서를 작성하여 신고를 합니다. 언제 어디서 누구의 자식으로 태
어났으며 이름은 무엇이며 본관은 무엇인지를 세세하게 작성하여
비로소 대한민국의 국민이 되었음을, 즉 주민이 되었음을 신고하
며 동주민센터에서는 이를 접수받아 등록합니다. 너무 간단한가
요?

예전 같으면 이를 주민등록표라는 원장에 기록하지만 요즘은
대부분의 업무가 전산화되어 있는 까닭에 별도의 주민등록표 원
장 대신에 컴퓨터에 기록하여 저장합니다. 이때에 주민등록번호
를 처음 부여하면서 말이죠. 주민등록번호는 다들 아시겠지만 앞
에는 생년월일 뒤쪽에는 성별구분 지역번호 태어난 순서 등을 조
합하여 부여하며 절대번호 같은 건 없습니다.

그리고 주민등록표와는 별도로 가족관계등록부에도 기록하여
저장합니다. 비로소 대한민국 국민이며 우리 동네 사람이 되었으
므로 관청에서는 관리하기 시작합니다. 관리라는 표현이 좀 그
렇지만 달리 적당한 단어가 없음을 이해해 주시기 바랍니다. 즉

영·유아 시절에는 보육료를 지원해 줄 수도 있고 더 나이가 들면 초등학교를 다니라고 취학통지서를 보내주고 중학교도 갑니다.

그리고 만 17세가 되면 이미 등록된 주민등록을 기초로 하여 '누구'라는 신분증을 만들어 주기도 하고요. 남자의 경우 나이가 더 들면 군에 가라고 영장도 내보내고 또 선거 때가 되면 투표의 권한도 주는군요. 뭐 이런 식으로 주민으로서의 권리와 의무를 다 하는 데 주민등록은 필요하게 됩니다.

이와 같이 주민등록을 관리함에 있어 관공서 스스로 처리하여 야 하는 업무도 있지만 주민께서도 스스로 신고하실 일이 있습니다. 앞에서 말씀드린 출생신고서를 작성하여 신고하듯이 이사를 하게 되면 전입신고를 하여야 하는 **'정확한 신고의 의무'**가 있습니다. 이외에도 여러 가지 등록된 사항이 변경된 때는 그때그때 기한 내에 신고를 해야 합니다. 이렇게 신고나 그 밖에 사유가 발생한 그때그때의 현재 상황을 기록하며 주민등록을 관리합니다. 때로는 가족과 함께 때로는 개별적으로 기록을 유지합니다.

실제로 자신의 주민등록을 잘못 신고하여 큰 피해를 본 사례가 있는데, 이를 소개하겠습니다. 어느 지역이 재개발로 인하여 그곳에 살고 있는 주민들에게 지급하는 보상책으로 가옥 주에게는 새로 아파트가 지어지면 다시 돌아와 살 수 있는 '입주권'을, 세입자에게는 '임차권'을 지급하는 과정에서 어느 세입자가 그곳에 살고 있음에도 불구하고 전입신고를 하지 않아 아파트 임차권을 받지 못한 사례가 있었습니다. 매우 가슴 아픈 일이었습니다.

또, 고위 공직후보자가 '위장전입' 했다 하여 스타일 구기는 경우를 가끔 보기도 하는데, 이는 그 후보자께서 신고 된 주소에 살지 않았기 때문입니다. 즉 그 당시의 현재 상황이 기록과 일치되지 않았다는 아주 간단한 이유 때문입니다.

자! 이제 주민등록의 본론으로 들어갑니다.

주민등록과 관련하여 여러 가지 쓰이는 용어들에 대하여 알아볼 필요가 있는데 간단하게 이해하고 넘어가겠습니다. 뭐, 용어 즉 단어만 알아도 거의 다 이해한 것이나 다를 바 없지만 말입니다.

사용되는 용어들은 '**현주소**', '**세대주와의 관계**', '**변동**', '**말소**' 등 등입니다.

'**현주소**'는 현재 살고 있는 주소입니다. 다른 말로 주민등록주소 또는 주민등록지라고도 부릅니다. 주민등록법에서는 30일 이상 거주할 목적이면 주소를 반드시 옮기도록 하고 있습니다. 다른 법에서는 '**거소**'라는 표현도 있는데 이는 실제 내가 거주하고 있는 주소라고 봐야 될 것 같습니다.

자, 여기서 궁금해집니다. 외국에 유학을 가거나, 해외에 취업을 나간 경우가 있습니다. 국적이 바뀌지 않는다면 출국 직전까지 살던 곳이며, 유학과 취업을 마치고 귀국하여 살 곳이 현주소입니다.

또 궁금합니다. 부산에서 가족과 함께 살던 학생이 서울의 대학교에 진학한 이유로 서울에서 사는 경우입니다. 이 경우는 원칙적으로는 서울에 사는 곳으로 주민등록을 옮겨야 합니다. 이는 30일 이상 거주하는 곳이 서울이기 때문입니다.

이와 같이 현주소의 개념은 간단하게 생각해서 저녁에 주로 쉬는 곳, 가족과 함께 생활하는 주된 곳이라고 생각하면 편해집니다.

다음은 '세대주 및 그와의 관계'를 말씀 드리겠습니다. 우리는 '가족', '가구', '세대'라는 말을 쓰고 있는데 이는 생계를 함께 영위하고 있는 단위의 표현이라고 생각하면 됩니다. 삼촌이나 조카와 같이 다른 가족이라도 함께 살 수 있기 때문에 주민등록에서는 이를 세대라고 합니다. 즉 주민등록에서의 가족은 세대라고 말합니다.

'세대주'는 주민등록에 등재된 가족 단위의 대표자를 말합니다. 이 대표자는 누구든지 정할 수 있습니다. 특별히 대장 노릇을 하라는 것은 아닙니다. 아버지가 세대주가 되는 것이 일반적이며, 어머니도 될 수 있고 아들도 될 수 있는 것입니다. 세대주가 정해지면 그 세대주와의 관계를 기록하게 됩니다. 배우자, 자, 조카,

동거인 등등…….

　그렇다고 초등학생을 설마 세대주로 하지는 마십시오. 주민등
록등본은 대개 관공서나 금융기관에 제출하게 되는데, 주민등록
등본을 받아본 공무원이나 은행원들은 겉으로 말을 하지는 않겠
지만 속으로는 아마 이렇게 외칠 것입니다. "아니, 세상에 이런
일이!"

　또 '**변동일, 변동사유**' 등이 있습니다. 이것은 용어 그대로 주민
등록 사항에 변동이 언제 있었으며 그 사유를 기재해 놓은 것입니
다. 전입, 출생, 말소, 통반변경, 구획정리, 지번정정 등등입니다.

　마지막으로 '**주민등록 말소**'입니다. 사전에는 말소를 '**기록되어
있는 사실 따위를 지워서 아주 없애 버림**'이라고 되어 있군요. 누
군가는 이렇게 말할 수도 있을 것입니다. "아니, 주민등록의 기록
을 없애 버리면 어쩌자는 것입니까? 대단히 기분 나쁜 일입니다."
그러나 걱정은 마십시오. 기록을 없앤다는 의미는 사전적 의미이
지 실제는 그렇지 않습니다.

　즉, 주민등록은 항상 현재의 가족상황을 기록하는 것이어야 하
기 때문입니다. 말소의 종류를 살펴보면 사망한 가족이 있으면 사
망 말소, 국외이주한 가족이 있으면 국외이주출국 말소, 현주소지
에 거주하지 아니하면 미거주로 인한 거주지불명 등록 등이 있습

니다. 사망한 사람이 다시 살 수는 없겠지만 다른 사유로 말소된 경우는 그 사유가 없어지면 다시 재등록되므로 그리 걱정을 하지 않으셔도 됩니다. 말소는 잠시 등록이 정지되어 있는 상태라고 이해하시면 될 것 같습니다.

지금까지 여러 가지 주민등록을 이해하기 위한 용어에 대해서 말씀드렸습니다만 이해가 되시는지요. 완벽하게 이해가 되셨다면 여러분은 천재에 가깝습니다. 그리고 어느 정도 이해하셨으면 수재에 해당됩니다. 대강만 이해하고 있어도 세상 사는 데 전혀 지장이 없으니 걱정 뚝!

아시는 분은 이미 다 아시겠지만 현장에서 증명발급 담당공무원들이 겪는 공통된 말은, 주민들은 '주민등록 등본'과 '주민등록 초본'을 매우 혼동한다고 합니다.

실제 사용하는 것을 중심으로 말씀드리면 '주민등록 등본'은 세대주를 중심으로 한 가족의 전부가 기록된 증명서입니다. 여기에는 거주하는 주소지 내에 함께 거주하고 있는 즉, 등록된 모든 가족의 이름과 관계, 주소, 변동사항 등이 기록된 내용이며, '주민등록 초본'은 그 가족 중 어느 한 사람의 개인에 관한 사항만 따로 뽑아 기록된 내용의 증명서입니다. 이해가 되시는지요?

다시 쉽게 말씀드리면 '등본은 가족과 함께', '초본은 내 것만'

기록된 것입니다.

　우리가 흔히 주민등록 등본이나 초본의 사용 이유를 보면, 등본의 경우는 누구와 어느 곳에서 살고 있는가이며, 초본의 경우는 개인이 태어나서 어디 어디를 얼마나 이사했는가를 주로 보게 되는 것 같습니다.

　참고로 등본에도 이사한 내용이 기록되지만 이는 세대주를 중심으로 한 기록만 유지되며, 초본의 경우 발급 받을 때에는 다음 세 가지 중에서 선택하여 발급받을 수 있는데 ① 현재의 주소만, ② 또는 5년 이내의 주소 변동사항이 기록된 내용만, ③ 그리고 태어나서 현재까지의 주소 변동 내용 전체를 선택할 수 있으며, ③과 같이 모든 주소 변동의 내용이 기록된 것을 '**원초본**'이라고 하기도 하는데 이는 행정용어에는 없는 말이나 일반적으로 통용되는 말이기도 합니다.

[가족관계등록부]

　'**가족관계등록**'은 2008년 1월 1일부터 시행된 제도인데 이전에는 호주 중심의 가家 별로 편재된 '호적'이라는 것을 사용하였기 때문에 먼저 이것을 간단하게 살펴보고 들어가겠습니다. 왜냐하면 이 호적이 변경된 것이 가족관계등록부이기 때문입니다.

주민등록은 탄생되어 사용된 역사가 짧은데 반하여, 이 호적은 유구한 역사와 전통이 있기 때문입니다. 일부에서는 일제강점기에 우리 국민들을 착취하려고 만들었다고도 하는데 그 말은 맞는 말이기도 하고 틀린 말이기도 하다고 생각됩니다.

여러분, 생각해보세요. 나라에서 임금님과 관리들을 먹여 살리려면 국민들로부터 세금을 징수하여야 하고 나라를 지키려면 군인을 뽑고 기타 일도 시키려면 누가 누군지 명단이 있어야 하지 않았겠습니까? 어린아이에게 세금을 내라고 할 수도 없고 여성에게 군대 오라고 할 수도 없는 노릇 아닙니까?

지금의 호적과 같은 형태는 아닐지라도 분명히 유사한 것이 있었을 것이고 이는 어느 나라나 마찬가지라고 생각이 드는군요. 그렇게 관리되던 장부가 일제강점기에 그들의 입맛에 맞게 만들었을 것으로 생각이 듭니다만.

그리고 그 시절에는 아주 특별한 경우를 제외하고는 고향을 떠난다는 것은 거의 없는 일이었을 것이므로 지금의 거주개념인 '**주민등록**'도 필요가 없었을 테지요. 그저 가족끼리 친척끼리 가까운 곳에 서로 옹기종기 모여서 살았을 테니까요. 그러자면 '**누구는 어느 핏줄이냐**'가 중요한 기록이었을 것입니다. 그렇습니다. 바로 호적을 간단히 표현하면 앞에서 말씀드린 바와 같이 '**나는 누구며, 나와의 핏줄은 누구인가를 기록한 장부**'라고 생각하면 편합니다.

자, 그러면 지금은 사용하지 않는 호적에는 무엇이 기록되어 있었을까요? 그곳에는 본적지의 주소, 본관의 명칭(핏줄의 뿌리), 호주, 나의 성명, 피를 나눈 가족의 성명, 호주와의 관계, 출생기록, 결혼과 이혼기록, 입양과 양자의 기록 등이 기재되어 있습니다.

이것은 지금 사용하는 가족관계등록부에 기록된 내용과 별반 다르지 않습니다. '**가족관계등록부**'는 나를 기준으로 기록내용과 사용용도에 따라 이를 세분하여 5종류로 나눈 것에 반해, '**호적**'은 호주를 기준으로 하여 이를 함께 모두 등재하였다는 차이일 것입니다. 물론 세부적인 것은 약간 다릅니다만 전체적인 것이 그렇다는 것입니다.

자, 그러면 용어에 대하여 간단하게 살피고 넘어갈까요? 주민등록과 마찬가지로 용어만 대충 알면 다 아는 것이나 다름없습니다.

호적에서의 '**본적지**'는 가족관계등록부에서의 '**등록기준지**'와 같다고 보면 됩니다. 본적지는 호적이 등재된 주소지이며, 등록기준지는 가족관계등록부가 기록 관리되고 있는 주소지입니다. 아까 말씀드린 호적의 탄생개념과 같이 본적지나 등록기준지는 아주 가까운 우리 할아버지의 고향일 경우가 많습니다.

그러나 사람들의 거주와 이동이 변화무쌍하고 사회의 변혁과정을 거치면서 현재 살고 있는 곳으로 본적지를 옮긴 경우가 대단히 많습니다. 그리하여 현재의 등록기준지를 가지고 어느 출신이냐를 따지는 것은 매우 뒤떨어진 생각이라고 볼 수 있으며, 등록기준지 자체는 그리 큰 의미조차 없는 그냥 주소지일 뿐입니다.

다음은 '본'에 대해 말씀드립니다. 본은 '본관'과 같은 말이며 증명서에는 본으로 적혀 있지만 통상 본관으로 말합니다. 이 본관은 어쩌면 아주 중요함에도 우리는 소홀히 하기도 합니다. 만약에 나이가 많이 드신 어른에게 본관을 잘 말씀드리지 못하면 그 어른은 속으로 혀를 끌끌 차시면서 아버지 욕과 함께 형편없는 집안의 자식이라고 깔볼 수도 있습니다. 아니, 존경하는 내 아버지와 우리 가족이 그까짓 본관을 모른다고 무시당해서야 되겠습니까? 이번 기회에 알고 가겠습니다. 전혀 어려운 것이 아니니까요.

호적에서의 본관이란 현재의 나는 아버지로부터 비롯되었고 아버지는 그의 아버지로부터 이런 식으로 거슬러 올라가다 보면 조선 초기나 고려 말기가 되는데, 우리나라 사람들은 아마 이 무렵부터 본격적으로 성과 이름을 갖기 시작 되었다고 합니다(이점은 여러 학설도 있음을 유의하세요). 그 당시 누군가 나의 조상께서 그 지방의 이름을 바로 본관으로 정하였던 것을 지금까지 이어오고 있다고 보면 됩니다.

경주에 사는 최 씨 성을 가진 사람은 경주 최 씨로, 전주 이 씨, 안동 김 씨 등등……

성씨 앞에 쓰이고 있는 지명이 바로 본관이 되는 거죠. 모르신다면 지금 당장 가족관계등록부를 발급받아 잘 살펴보시기 바랍니다. 아니면 아버지께 여쭈어 봐도 되고요. 반드시 알아두어야 할 부분입니다. 아울러 한자로도 쓸 수 있어야 합니다. 영어 단어 두 개 정도 외울 노력이면 충분히 가능하다고 생각합니다.

나아가 그 어른께 "광주 이가 둔촌선생 집자 할아버지의 18대 손 아무개입니다."라고 말씀드리면 이번에는 "뉘 집 자식인지 대단히 똑똑하며 아버지가 훌륭하게 가르쳤구나!" 하며 감탄할 것입니다. 아니 글자 몇 개 더 안다고 이런 찬사가 어디에 있겠습니까? 꼭 알아두어야 할 대목입니다.

다음은 '**호주와의 관계**' 또는 가족관계등록부에서의 '**가족과의 관계**' 설정에 관한 내용입니다. 호적에는 호주를 정하고 다른 가족은 그 호주와의 관계를 설정하였습니다. 이는 주민등록의 세대주는 자유롭게 세대주를 정하는 것과는 달리 호적에서는 호주를 정하는 일정한 규칙이 있었습니다.

그러나 호적은 호주를 중심으로 가족과의 관계를 말한다면, 가족관계등록부는 나를 중심으로 한다는 것이 다릅니다. 바로 가족관계등록부가 이전의 호적과 다른 대표적인 것 중에 하나입니다.

예를 들면, 호적에서의 '**나는 호주의 자**'였으나 가족관계등록부에서는 **'나는 본인이며 아버지는 나의 아버지'**인 것입니다. 이와 같이 나를 포함하여 직계 혈족관계인 부모, 배우자, 자녀가 기록 됩니다. 어떻습니까? 이해가 되시나요?

"아니, 가족관계등록부에 대한 공부도 알쏭달쏭한데 없어진 호 적에 대해서 왜 자꾸 이야기하는 겁니까?"

그렇군요. 맞는 말씀입니다. 그렇지만 말입니다. 나이 드신 분 들께서는 아직도 가족관계등록부보다는 호적을 중심으로 이해하 는 부분이 많기도 하거니와 호적을 이해하면 잠시 후 설명드릴 **'제적등본'**을 이해하는 데 도움이 됩니다. 뭐 그리고 여러분의 이 해를 돕기 위해서 설명하는 것이니 그리 기분 나쁘게 생각하지는 마십시오.

그리고 처음에도 말씀드렸듯이 형태는 다를지라도 호적의 역사 는 오래되었으니 역사 공부한다고 생각하십시오. 이왕에 공부하 는 거 확실하게 하면 좋지 않겠습니까?

자, 이제는 본격적으로 **'가족관계등록부'**에 대해서 살펴보기로 하겠습니다. 뭐 용어를 공부하고 나니 별로 더 알 것이 없지만 말 입니다. 가족관계등록부의 등록사항별 증명서는 5종류가 있다고 이미 말씀드렸습니다.

그 5종류는 '가족관계증명서, 기본증명서, 혼인관계증명서, 입양관계증명서, 친양자입양관계증명서'입니다. 어떻습니까? 이름만 들어도 대충 이해되지 않습니까? 그러면 조금만 추가하여 설명 드리면 되겠군요.

먼저, '가족관계증명서'입니다. 이 증명서에는 등록기준지의 주소와 함께 나와 나의 부모, 나의 배우자, 나의 자식이 등재되어 있습니다. 즉 3대의 가족관계가 기록되어 있습니다. 주민등록은 현재의 주소에 함께 살고 있는 사람이 기록되나, 가족 중 어느 한 사람이 다른 곳에 살더라도 이 가족관계증명서에는 모두 기록되어 있습니다. 이와 같이 가족 모두가 기록되었으므로 제일 많이 사용하는 증명서입니다.

다음은 '기본증명서'입니다. 이 증명서는 나에 대한 기록입니다. 나의 등록기준지의 주소는 물론 가족관계등록부의 작성일과 사유, 나의 출생관계 그리고 이름을 바꾸었다면 개명관계, 국적을 취득하였다면 그 내용 등 나와 관련한 상세한 내용이 기록되어 있습니다.

다음, '혼인관계증명서'입니다. 나와 나의 배우자에 대하여 기록되어 있고 이러한 혼인사실을 신고한 내용이 기록되어 있습니다. 사람이 살다보면 결혼을 하고 이혼도 합니다. 그리고 재혼을 하기도 하지요. 만약에 이혼한 내가 같은 이혼의 경력이 있는 배우자가 만나 서로 결혼한다면 각자는 어떻게 기록되어 있을까요? 나의 혼인관계증명서에는 나의 결혼과 이혼한 내용이, 배우자의 혼인관계증명서에는 그 배우자의 결혼과 이혼한 내용이 기록되어 있습니다.

다음, '입양관계증명서'입니다. 이 증명서는 내가 나를 낳아준 부모로부터 피치 못할 사정으로 헤어지고 다른 가정에 입양되었다면, 또 내가 다른 가정의 어린아이를 나의 자식으로 입양하였다면, 이러한 입양관계가 기록된 증명서입니다. 즉 내가 입양되었다면 현재의 아버지와 어머니가, 다른 아이를 입양하였다면 그 아이가 누구라는 것이 기록되어 있습니다.

마지막으로 '친양자입양관계증명서'입니다. 내가 입양되었다면 현재의 양부와 양모 외에 나를 낳아준 아버지와 어머니 즉 친생부와 친생모는 누구일까요? 바로 이곳에 기록되어 있습니다. 현재의 양부 양모와 함께.

이제는 앞서 말한 '제적등본'에 대하여 말씀드리겠습니다. 이 제적이란 표현은 기록에서 없애버렸다는 표현입니다. 뭐 없애버렸다고 아주 없어지는 것은 물론 아니니까 염려는 하지 마십시오.

사람은 일정 기간 살다가 죽습니다. 그 누구도 거역할 수는 없는 일입니다. 모든 증명서는 대부분 현재의 상황을 나타내는 기록

들입니다. 만약에 돌아가신 아버지 그 아버지의 아버지들께서는 이미 돌아가신 지가 오래되었는데도 불구하고 계속 증명서에 기록되어 있다면 어찌해야 할까요. 한마디로 읽어보기에 골치 아파질 것입니다.

그렇다면 돌아가신 분들은 따로 기록하여 보관할 필요가 있지 않겠습니까? 바로 이것입니다. 그분들의 기록은 특별한 경우가 아니면 볼일이 거의 없기 때문에 제적하여 따로 보관할 필요가 있는데 이러한 기록을 호적의 형태로 기록한 것을 '**제적등본**'이라고 합니다.

만약, 돌아가신 아버지의 형제는 어느 분들이었을까 하고 궁금하시다면 아버지를 비롯한 형제분들은 모두 할아버지의 자식이었으므로 할아버지를 호주로 한 호적, 즉 제적등본을 보면 할아버지와 할머니 그리고 그 자식들이 상세하게 나옵니다. 어떻습니까? 여러분은 수재이니 금방 이해하실 것입니다.

자, 가족관계등록부에 대하여 설명을 마치고자 합니다. 물론 구체적인 사항은 더 많은 설명이 필요하겠지만 이 글은 일반적인 개념과 사용에 있어 어느 정도 지식을 갖추면 세상 사는 데 전혀 지장이 없다는 데에 그 목적을 둡니다.

끝으로, 이러한 '**주민등록 등본과 초본**'이나 '**가족관계등록증명**

등'은 어디서 발급받을까요? 아주 간단합니다. 세 가지의 방법이 있는데, ① 먼저 컴퓨터와 프린터가 있고 그리고 공인인증서가 있다면 인터넷(민원24)을 통하여 간단하게 발급받을 수 있습니다(주민등록 등본·초본 발급 가능, 가족관계등록증명서 5종류는 대법원 전자가족관계등록시스템에서 발급). ② 다음 가까운 곳에 무인민원발급기가 있다면 화면에서 지시하는 대로 콕콕 누르면 발급받을 수 있습니다(주민등록등본과 초본, 가족관계증명서 발급가능. ③ 마지막으로 가까운 동 주민센터나 구청의 민원실에서 이 모든 증명서를 발급받을 수 있습니다.

자, 이제 주민등록과 가족관계등록에 대한 전체 설명을 마치고자 합니다. 읽어보면 잘 아시겠지만, 이 글은 전문적인 지식을 갖고자하는 내용은 아닙니다. 그저 사회생활을 하는 데 불편이 없는 정도의 지식만 갖도록 하고자 하는 내용입니다.

긴 글을 읽어주셔서 감사합니다.

2014. 4. 6

심재훈

옮긴글

'기갑병의 눈물'을 읽고서

심재훈 선생님께.

선생님 안녕하십니까? 답장이 늦어서 죄송합니다.

정말로 제게 이렇게 보내주실 줄은 몰랐습니다. 이 글이 그러니까 지금 제 나이 때의 선생님께서 겪으셨던, 제가 이 세상의 인간으로서 존재조차 하지 않았던 과거 속의 일들이라 생각하면 이렇게 생생하고 감명 깊게 들려주시다니, 이 점에 대해 정말 감사드립니다. 마치 오래 된 명작 영화를 보고 난 느낌으로 마지막 사진은 의원님이 안 계신 사무실에서 감탄사가 절로 나왔을 정도였습니다(진심입니다).

저는 일반 보병 출신이기에 기갑, 전차 부대에 대한 지식이 전혀 없었습니다. 전시상황에서 적군의 전차를 보게 된다면 '무조건 튀어라.'라는 정도로 그냥 '무서운 것'이라는 정도였습니다. 저도 나름 제가 나온 부대에 대한 자부심을 갖고 있다고 생각하였으나 이렇게 선생님의 글을 읽고서 많은 생각들을 하게 되었습니다.

선생님께서 가지고 계시는 기갑, 전차에 대한 정신은 제가 군대를 전역한 지 얼마 되질 않아서 지금의 분위기를 잘 압니다만 현재의 우리나라 현역 군인들보다 더한 정신력이시며, 현재 휴전 중인 우리나라가 언제 전쟁이 일어날지 모르는 상황 속에 선생님의 전차에 대한 지식과 애정은 언제라도 투입이 되셔서 현역처럼 다시 전차를 몰며 모든 것이 가능하실 것 같은 실제로, 대한민국에서 필요로 하는 인재가 선생님과 같은 분들이 아닌가 싶습니다.

제가 처음에 이해가 되지 않았던 부분은 영혼이 없는 기계에게 그러한 감정을 느끼시며 이것은 주인의식을 넘어선 어떠한 감정이 보인 것입니다. 하지만 솔직히 말씀 드리자면 100%를 알진 못하겠습니다만 타 보직은 절대 느낄 수 없는 무언가가 가슴으로 와 닿은 것만은 분명합니다.

아직까지 가슴 속에 '기갑병의 신조'를 기억하시며 살아가시는 선생님의 모습에 사람은 마음가짐에 따라 겉모습이 달라진다던데, 선생님의 강렬한 첫인상과 힘 있으셨던 목소리의 이유의 뜻을 어렴풋이 알 수 있었습니다. 그것을 생각해 보았을 때 태생부터 여러 가지 이유를 심리학적으로 찾아본다면 그 사람이 겪었던 환경들과 내면 어디에선가부터 시작되는 그 무언가, 그 무언가가 이 전차부대 때문이라 제가 확정을 지을 순 없겠지만 선생님께서 이렇게까지 진정성이 담긴 글을 쓰시고 또 전차를 위해 목숨 걸고 화재를 진압했던 그때의 용기들을 조금이나마 이해해 볼 수 있었습니다. 진정한 대한민국의 사나이 그리고 아버지라는 말은 선생님 같은 분께 어울리는 말 같다고 생각합니다.

선생님의 글을 읽고 본받을 부분을 알게 해주시고 제게 반성의 시간을 주셔서 정말 감사드립니다. 안병덕 의원님으로 인해서 선생님과의 인연이 닿았지만 이렇게 선생님과 메일을 통해 교류가 한 번 더 이루어졌다는 것이 별 것 아닐 수도 있겠지만 앞으로 공무원 임기를 마치시고 또 저와 어떻게 인연이 닿을지 모르는 앞날 속에서 하늘이 주신 좋은 기회라 선생님과의 인연을 저는 생각합니다. 그리하여 저는 현재 주어진 생활, 안병덕 의원님을 진정성을 갖고 모시겠습니다.

선생님, 남은 공무원 생활동안 좋은 추억 많이 만드시고 멋진 마무리하셨으면 합니다. 이러한 선생님의 글로 인해 현재 2014년 5월 6일에 어제와 다른 새로운 감정을 선물해 주셔서 정말 감사드리며 글을 이만 줄이겠습니다.

선생님 미래의 인연의 자리에서 기다리겠습니다.

일교차가 심한데 감기 조심하시고 건강하십시오.

감사드립니다.

안병덕 의원 제자 김범준 올림

위로를
받았습니다^^

보낸이 이ㅇㅇ 주무관(동주민센터, 성ㅇㅇ3동)

날짜 2013. 03. 25 12:01

받는이 심재훈;

안녕하세요, 심재훈 계장님^^

저는 성ㅇㅇ동에서 근무하는 사회복지담당 이ㅇㅇ입니다.

제가 계장님과 함께 근무한 적은 없지만,

계장님께서 올려주신 '복지애환'이라는 자유게시판 글을 읽고

제 마음, 제 고충을 꼭 알아주는 계장님의 그 마음이…,

너무나도 와 닿아 글을 읽는 내내 마음이 슬프기도 하고 감사하

기도 하였습니다.

저희들에게 속상한 일들이 있은들

저희 입으로 저희 힘으로 그러한 고충들을 이야기하는 것은

밤샘작업, 휴일근무보다도 더 어려운 실정입니다.

그러한 마음을

계장님께서 용기내어 함께 하자, 해주심에

진심으로 감동받았고 또한 용기가 나네요…^^

따뜻한 맘을 가진 심재훈 계장님^^

오늘 하루도 행복한~~ 기분 좋은 하루 보내세용~★

형

우리 형은 언청이였다.

세상에 태어난 형을 처음으로 기다리고 있던 것은 어머니의 따뜻한 젖꼭지가 아니라 차갑고 아픈 주삿바늘이었다.

형은 태어나자마자 수술을 받아야 했고 남들은 그리 쉽게 무는 어머니의 젖꼭지도 태어나고 몇 날 며칠이나 지난 후에야 물 수 있었다.

형의 어렸을 때 별명은 방귀신이었다.
허구한 날 밖에도 안 나오고 방에서만 시간을 보냈기 때문이었다.

하기는 밖에 나와 봐야 동네 아이들의 놀림감이나 되기 일쑤였으니 나로서는 차라리 그런 형이 그저 집안에만 있어주는 게 고맙기도 했다.
나는 그런 형이 창피했다.
어린 마음에도 그런 형을 두고 있다는 사실이 부끄럽게 느껴졌다.

형은 초등학교에 입학하기 전에 두 번째 수술을 받았다.
비록 어렸을 때였으나 수술실로 형을 들여보내고 나서 수술실 밖 의자에 꼼짝 않고 앉아 기도드리던 어머니의 모습은 지금도 잊히지가 않는다.

형을 위해서 그렇게 간절한 기도를 올리고 있는 어머니를 보니 은근히 형에 대한 질투심이 들었다. 어머님이 그렇게 기도 드리던 그 순간만큼은 저 안에서 수술 받고 있는 사람이 형이 아니라 나였으면 하고 바랐던 것 같기도 하다.

어머니는 솔직히 나보다 형을 더 좋아했다.

가끔씩 자식들의 어린 시절을 회상하시는 어머니의 말씀 속에서 항상 형은 착하고 순한 아이였고 나는 어쩔 수 없는 장난꾸러기였다.

　"그네를 태우면 형은 즐겁게 잘 탔었는데 너는 울고 제자리에서 빙빙 돌다가 넘어지고 그랬지……."
　형은 나보다 한해 먼저 초등학교에 입학했다.
　수술 자국을 숨기기 위해 아침마다 어머니는 하얀 반창고를 형의 입술 위에다가 붙여 주시고는 했다.

　나 같으면 그 꼴을 하고서는 창피해서 학교에 못 갈 텐데 형은 아무 소리도 않고 매일 아침 등굣길에 올랐다. 형이 학교에서 어떻게 지냈는지는 잘 몰랐지만 아마 고생깨나 하고 있었던 것 같았다.

　언제부턴가 형에게는 말을 더듬는 버릇이 생기고 있었다.
　나는 그런 형을 걱정해주기는커녕 말할 때마다 버벅거린다고 '버버리'라고 놀리고 그랬다. 형이라는 말 대신 버버리라고 불렀고 내 딴에는 그 말이 참 재미있는 말로 생각되었다. 어머니가 있는 자리에서는 무서워서 감히 버버리란 말을 못 썼지만 형하고 단둘이 있는 자리에서는 항상 버버리 버버리 이렇게 부르곤 했다.

　형은 공부를 잘했다. 항상 반에서 일등을 하였다.
　비록 한 학년 차이가 나긴 했지만 형의 성적표는 나보다 항상 조금 더 잘 나오곤 했다. 어쩌면 그런 형을 질투하고 시기하는 마음에서 더 그런 말을 쓰곤 했었는지도 모른다.

언젠가 형이 어머니에게 무진장 매를 맞은 적이 있었다.

그러니까 내가 초등학교 2학년 때였다. 그때 나는 그 당시 내 또래의 다른 아이들과 마찬가지로 한참 만화와 오락에 빠져 있었는데 항상 용돈이 부족했다. 그래서 매일 밤 어머니의 지갑에서 몇백 원씩을 슬쩍 하고는 했었는데 그러다 어느 날은 간 크게도 어머니의 지갑에서 오천 원이나 훔쳐서(그 옛날 오천 원은 참 큰돈이었다)텔레비전 위의 덮개 밑에 숨겨 두었다. 그러다 그만 그게 다음 날 아침에 발각되고 말았다.

어머니는 당연히 나를 의심했다.

어머니는 무서운 분이었다. 게다가 그 며칠 전부터 돈 문제로 고민하고 계셨던 어머니였던지라 두려운 마음에 나는 절대 그런 적이 없었다고 철저하게 잡아뗐다. 다음에 어머니는 형을 추궁했다. 형은 처음에는 무슨 영문인 줄 몰라 했다. 찰나의 순간이었지만 나는 염치없게도 형의 대답에 한 가닥 희망을 걸고 그 위기를 빠져나오기를 고대하고 있었다.

그런 나를 잠시 바라보더니 형은 어머니에게 잘못했다고 말했다. 어머니는 믿었던 형이었기에 더욱더 화가 나셨고 나는 죽도록 어머니에게 매 맞고 있던 형을 그저 바라보고 있을 수밖에 없었다.

형이 그렇게 매를 맞는 모습을 보니 철없던 내 마음에도 형에게 그렇게 미안할 수가 없었다. 어머니가 방을 나가버리고서 방 한구석에 엎드려 있던 형에게 가까이 다가가 보았더니 형은 숨조차 고르게 쉬지 못하고 사시나무처럼 몸을 떨고 있었다. 그 후 얼마 동안은 형에게 버버리라는 말도 안하고 고분고분 지냈다.

그러던 어느 날 우리 동네에 제일 싸움 잘하던 깡패 같은 녀석이 형을 괴롭히고 있는 것을 보았다. 그 녀석은 형하고 나이가 똑같았는데 질 나쁘기로 소문난 녀석이었다. 나는 형에게 빚진 것도 있던 만큼 형을 위해서 그 자식과 싸웠다. 싸우다가 보니 그 녀석의 코에서 피가 흐르고 있었다.

원래 애들 싸움은 먼저 코피 나는 쪽이 지는 것인지라 나는 기세등등하게 그 녀석을 몰아붙이기 시작했는데 형이 갑자기 나를 말리는 것이었다.

나는 한참 싸움이 재미있던 판에 형이 끼어들자 화가 버럭 났다. 하지만 지은 게 있던지라 아무 말하지 않고 물러서고 말았다. 그런데 웬일인지 그 후로 그 깡패 녀석과 형이 아주 친해지기 시작했다.

형은 사람을 아주 편하게 해주는 구석이 있었다.
사실 나는 형의 그런 면이 마음에 안 들었다. 그런 면 때문에 내가 어머니한테 귀여움을 더 못 받고 있었다고 생각했기 때문이었다.

형과 그 깡패 녀석의 집에 놀러간 적이 있었는데

그 녀석이 장롱 밑에서 담뱃갑을 꺼내더니 형하고 나한테 권하는 것이었다. 그때 담배라는 걸 처음 피워 보았다. 형과 나는 콜록콜록 대며 피웠는데 그걸 본 그 깡패 자식이 좋아라 웃던 기억이 난다.

형은 초등학교 5학년 때 세 번째 수술을 받았다.

그 후로는 입술 위에 반창고 붙이는 짓은 그만두게 되었다. 그래도 여전히 말더듬는 버릇은 잘 고쳐지지 않았다.

언제부턴가 나는 다시 형에게 버버리란 말을 쓰기 시작했다. 그러다가 TV에서 '언청이'란 말을 처음 듣게 되었다. 처음에는 그 말이 무슨 뜻인지 잘 몰랐는데 얼마 후에 그 말이 바로 우리 형과 같은 사람을 뜻하는 것이라는 걸 알게 되었다.

나는 그런 희귀한 단어를 알게 된 게 참 신기했다. 그리고 며칠 후 형에게 버버리대신 언청이라는 말을 썼다.

그 말을 들은 형은 마치 오래전부터 그 말을 알고 있었던 것처럼 담담한 표정으로 듣고 있더니 내 머리에 꿀밤을 먹이면서 "그 말을 이제 알았구나?" 하며 웃어주었다. 왠지 그런 형에게 조금은 미안한 마음이 들어 형에게 다시는 언청이라는 말을 쓰지 않았다.
그러고 보면 나도 그렇게 나쁜 놈은 아니었나 보다.

　내가 초등학교 5학년 다닐 적 어버이날이었다.
　학교가 파하고 집에 돌아왔는데 어머니가 방 안에서 소리 없이
울고 계시는 모습을 보았다.

　무슨 편지 같은 걸 읽으시면서 울고 계셨다.
　어머니는 잠시 후 그 편지를 어느 조금은 초라하게 생긴 핸드백
안에 넣으셨다. 나는 어머니가 방을 나가신 후 몰래 들어가 그 핸
드백을 열어 보았다. 그 안에는 조금 빛바랜 편지봉투부터 쓴 지
얼마 안 되어 보이는 편지까지 있었다. 나는 어머니가 지금 막 읽
으셨던 듯한 편지를 꺼냈다.

　형이 쓴 편지였다.
　형이 매해 어버이날마다 썼던 편지를 어머니는 그렇게 모아놓고
계셨던 것이었다. 편지내용을 읽어보고는 나는 왜 그토록 어머니
가 형을 사랑하고 형에게 집착하는지 조금은 이해하게 되었다.

　만약 내가 형처럼 태어났다면 나를 그렇게 낳은 부모를 원망하
고 미워했을 텐데 형은 그 반대였다. 오히려 자기가 그렇게 태어
남으로 걱정하고 마음 아파하셨을 어머니에게 용서를 빌고 또 위
로하고 있었다.

어느덧 한 해가 또 지나고 형은 중학교에 입학하게 되었다. 그 다음해 나도 중학교에 올라갔는데 한집에서 살고 있음에도 형과 나는 다른 학교를 배정받았다. 형은 중학교에 올라가서도 항상 1 등을 했다. 나도 공부를 꽤 잘하는 편이었는데 항상 형보다는 조금 못했다.

그런데 언제부터인가 형이 일기를 쓰고 있다는 사실을 알게 되었다. 가끔씩 형의 일기를 훔쳐보곤 했는데 형은 시인이었던 것 같다. 형이 지은 시는 이해하기가 참 쉬웠다. 교과서에 실린 시들처럼 복잡한 비유나 은유 같은 것도 없었고 아무리 무식한 사람이 읽어도 무슨 뜻인지 알 수 있을 그런 시를 많이 썼다.

그런데 읽고 있으면 나도 모르게 눈물 한 방울이 맴도는 그런 시들이었다.

나는 형이 썼던 시들을 참 좋아했던 것 같다. 형의 영향으로 나는 고등학교에 진학해서는 '쌍밤'이라는 문학 서클에 가입하게 되었다. 연합 서클이라 여학생들도 참 많았다.

한집에 사는 데도 불구하고 중학교는 형과 다른 곳을 다녔는데 고등학교에서는 형과 한 학교를 다니게 되었다. 나는 또 고등학교 때 갑자기 키가 부쩍 자라 형보다 10cm는 더 크게 되었다. 게다가 나는 얼굴도 어디를 가도 빠지지 않을 정도로 잘생겨서 여학생들에게 인기가 많았다.

나는 형이 불쌍했다.

키도 작지, 그렇다고 얼굴이 잘생겼기를 하나, 말을 잘하나, 형을 보며 나는 무언가 우월감 같은 것을 느끼기 시작했다. 하지만 그런 것에 형은 전혀 무감각했다. 마치 이 세상 사람이 아닌 것처럼 보였다.

어느 맑은 가을날이었다.

집을 나서는데 참새 한 마리가 대문 앞에 죽어 있었다. 나는 얼굴을 잔뜩 찡그리고 다시 집안으로 들어가서 착한 일 한답시고 빗자루와 쓰레받기를 들고 나왔다. 참새를 쓸어 담아 쓰레기통에 버리려고 했다. 그때 형이 대문을 나왔다.

나는 형이 칭찬을 해줄 것으로 알고 잔뜩 기대했는데 형은 모처럼 착한 일 하려고 하는 나를 만류했다. 그러더니 손수건을 꺼내 그 죽은 새를 담더니 집 뒤의 야산으로 올라가는 것이었다.

나는 학교에 늦을까봐 미리 집을 나섰다.

형은 그날 지각을 해서 운동장에서 기합을 받았다. 팍팍한 다리를 두드리며 올라오는 형에게 참새는 어떻게 했냐고 물어보니까 뒷산 양지바른 곳에 묻어주고 왔다고 했다. 그러면서 참새를 묻고 나서 기도를 했다고 했다. 나는 내심 그깟 죽은 새 한 마리 땅에 묻고 나서 기도는 무슨 기도냐며 그래도 궁금해 형에게 뭐라고 기도했냐고 물었더니 형은 슬픈 얼굴로 대답했다.

"만약 이다음 어느 생엔가 내가 오늘의 너처럼 어느 집 앞에 쓸쓸히 죽어 누워 있으면 그때는 네가 나를 거두어주렴……."

형은 고등학교 2학년 겨울에 또 수술을 받았다. 정말 그놈의 수술은 끝이 없는 것 같았다.

어머니 말로는 형의 수술비로 집 한 채 값이 날아갔다고 한다.

우리 집은 가난했었다. 초등학교 때까지는 일 년에 두 번씩 이사를 다녔다. 우리 집을 가지는 게 소원이었다. 거기다가 형의 수술비까지 대느라 언제나 쪼들렸다. 아버지가 벌어 오시는 것으로는 어림도 없었다.

어머니는 언제부터인가 돈놀이에 관심을 가지기 시작하셨다. 쉽게 말해서 고리대금업이었는데 어머니는 악착같이 돈을 모으셨다. 채무자들을 어쩔 때는 참 심하다 싶게 몰아붙이시기도 했다.

부동산에도 손을 대셔서 지금 있는 집도 장만하시고 그러셨다. 어머니는 참 지독하셨다. 그리고 너무 돈에 집착하고 그랬다. 극장도 한번 안 가셨다. 극장 가서 영화 볼 돈 있으면 차라리 맛있는 걸 사먹는 게 낫다는 주의셨다.

그런 어머니를 보며 형은 항상 마음 아파했다.

자기 때문에 어머니가 저렇게 되셨다는 것이었다. 형은 어머니에게 누가 될 만한 일은 한 번도 해본 일이 없었다. 적어도 내 기억에는 그랬다.

하지만 그런 형에게도 어머니가 마음에 들어 하지 않는 점이 하나 있었다.

형은 거의 돈을 쓰지 않았는데 그런 형도 돈을 쓰는 곳이 한군데 있었다. 길에서 거지를 보면 없는 돈에도 항상 얼마씩을 주고는 했다. 그냥 지나치는 법이 없었다.

내가 옆에서 아무리 저런 사람들 도와줘봤자 하나 소용없는 짓이라고 설교를 해도 소용이 없었다.

그런 형에 대해서 어머니에게 이르면 어머니는 형을 참 걱정스러운 눈으로 바라보고는 하셨다. 돈이라는 게 얼마나 피나게 모아야 하는 건데 저러느냐는 것이었다. 어머니는 형에게 항상 무서운 세상에 대해서 말하시곤 했다. 그러시면서 말끝머리에는 항상 이런 말을 붙이셨다.

"너는 공부 못하면 시체야…….."

형은 시체가 되지 않기 위해서 그렇게 공부를 열심히 했던 것일까……?

그랬던 것 같지는 않다. 지금까지 형이 자기 자신 때문에 뭘 걱정하는 걸 본 적이 없었으니까…….

나는 여자들에게 인기가 많았다.

곁에 항상 여자가 많아서 용돈이 부족하고는 했다. 좀 부족하긴 했지만 어렸을 적처럼 어머니 지갑을 뒤지진 않았다. 형이 나 때문에 그렇게 모진 매를 맞았었는데 어떻게 그런 짓을 또 할 수 있겠는가?

그 다음해 겨울 우리 집에 경사가 하나 났다. 형이 대학에 합격한 것이었다. 그런데 형은 서울의 좋다는 대학을 다 마다하고 지방에 있는 P공대를 지망해서 합격했다. 나는 참 알 수가 없었다. 서울이 얼마나 놀기가 좋은데 그 외진 데까지 찾아가는 지 이해가 안 되었다.

형이 서울을 떠나던 날…….
나는 그때까지 어머니가 그렇게 많은 눈물을 보이시는 건 처음 봤다. 형이 떠난 아침부터 저녁때까지 손수건이 눈에서 떨어지지를 않았다. 그런 어머니가 보기 싫어 그날은 혼자서 시내를 배회하다가 집에 돌아왔다. 있을 때는 잘 몰랐는데 형이 없어지니까 집안이 텅 빈 듯한 느낌이 들었다.

형은 자주 편지를 썼다.
그리고 어버이날마다 선물을 들고 집에 찾아오곤 했다. 그런데 재미있는 점은 형은 어머니 생일날에는 선물을 하지 않았다. 꼭 어버이날 그렇게 선물을 들고 오고는 했다.

참, 아직까지 말하지 않은 점이 하나 있는데 형하고 어머니는 생일이 같다.

어머니 말로는 예정일을 보름이나 당겨서 태어나면서 어머니의 생일에 태어났다고 한다. 그리고 띠까지 같았다. 그렇게 되기도 참 힘들 거 같은데 어쨌든 형하고 어머니는 전생의 인연이 참 깊었나보다. 형은 어머니 생일날 태어난 걸 항상 어머니에게 미안하게 생각했다. 즐거워야 할 어머니의 생일날 자신이 그렇게 끔찍한 모습으로 태어나 어머니를 슬프게 한 것이 그렇게 마음에 못이 되었나 보다.

그러고 보니 형에게는 백일 사진도 없고 돌 사진도 없다.

언젠가는 형이 어버이날 어머니 선물로 비싼 지갑을 사온 적이 있었다. 어머니도 참 그 선물을 보시고는 대뜸 하신다는 말씀이

"지갑은 벌써 하나 있는데 가서 다른 걸로 바꿔올 수 없나?"

그런 말을 하시는 어머니를 보며 형은 그저 빙그레 웃기만 했다. 하지만 어머니는 그 후 그 지갑을 항상 곁에 지니며 다니셨다. 마치 형의 분신이라도 되는 것처럼……

형은 대학교 2학년 겨울에 또 수술을 받았다.

정말 끝이 없을 거 같던 형의 수술도 그게 마지막이었다. 그때는 집안도 넉넉해져서 형의 수술비용이 별로 부담이 되지 않았다.

그런데 수술일자가 개강과 이상하게 맞물려서 형은 할 수 없이 한 학기 동안 휴학을 하게 되었다. 어머니는 무척 기뻐하셨다.

형의 얼굴도 많은 수술 덕분인지 약간의 수술 자국을 제외하고는 어느새 정상이 되어 있었다. 하지만 솔직히 말해 형과 이십 년 넘게 살아오면서 형의 얼굴이 이상하다는 생각을 해본 적은 별로 없었던 것 같다.

한편, 학력고사에 한 번 낙방했던 나도 힘든 재수 끝에 용케 Y대에 입학할 수 있었다. 그해 3월부터 8월까지 우리 집은 참 행복했다. 나는 어머니에게 어렸을 적 형이 매 맞았던 사건에 대해 사실대로 말씀드렸고 어머니는 마치 그럴 줄 알았다는 듯이 웃으시며 형과 나를 바라보셨다.

형은 밤마다 어머니가 잠드실 때까지 어깨며 팔다리를 주물러 드리고는 했다. 어머니는 나보다 형이 주물러 드리는 걸 더 좋아하셨다. 형이 안마를 해주면 그렇게 편하고 좋을 수가 없다는 것이었다. 아마 어머니는 사하라사막 한가운데라도 형만 옆에 있으면 행복해했을 것이다.

매일같이 웃음꽃이 피었다.

8월이 되자 형은 복학을 했다. 어머니는 떠나는 형을 보내기가 못내 아쉬웠던지 한 학기 더 휴학하면 안 되느냐고 형에게 말했다. 형은 어머니의 손을 꼭 잡고 언제까지나 어머니 곁에 있을 거라고 말했다.

그러더니 포항으로 떠나버렸다.

그렇게 몇 달이 흐르고 있었다. 날짜를 세어보니 조금 있으면 어머니의 생일이자 형의 생일이겠구나 싶었다. 어머니의 생일이 일주일 정도 남았을 때 그날은 왠지 기분이 참 안 좋았다.

어머니는 나보다 더 심하게 느끼시는 것 같았다.

어머니 말씀이 마치 심장이 위로 올려 붙는 것 같은 느낌이 든다고 말하셨다. 그리고 숨을 거칠게 몰아쉬셨다.

나는 어머니가 어디가 편찮으셔서 그러는가 생각했는데 어머니는 형을 걱정하고 계셨다. 아무래도 형에게 무슨 일이 생긴 것 같다는 것이었다. 그렇게 하루 종일 초조하게 보내시던 어머니가 전화 한 통을 받으시더니 금세 얼굴이 새하얗게 변해버렸다.

형이 교통사고를 당했다는 것이었다.

어머니와 나는 부리나케 형이 있는 포항으로 내려갔다. 의사선생님 말이 머리에서 피를 너무 많이 흘려 소생할 가망이 없다는 것이었다. 오히려 지금까지 숨이 붙어 있는 게 기적이라고 말했다.

하얀 시트를 가슴 위까지 덮은 형이

얼굴에 산소마스크를 하고 누워 있는 모습이 보였다. 형의 머리 맡에 놓인 오실로스코프에는 간신히 이어지고 있는 형의 맥박이 보였다. 어머니는 초점이 흐려진 눈동자로 하염없이 눈물을 흘리시면서 한 걸음 한 걸음 형에게 다가가셨다. 그러시더니 떨리는 두 손을 모아 누워 있는 형의 손을 꼭 잡으셨다.

그 순간이었다.

연약하게 뛰던 형의 맥박이 조용히 긴 수평선을 그리기 시작했다. 마치 사랑하는 어머니를 여태 기다리다가 그제야 안심하고 떠나는 것처럼…….

차도를 무단 횡단하던 어떤 어린 여자아이를 트럭이 덮치려는 순간 형이 그 앞에 뛰어들었다는 것이었다. 다행히 여자아이는 팔을 조금 다치고 말았는데 형은 트럭에 치이고 나서 머리를 땅에 부딪치고 말았다고 한다.

어머니는 슬픔에 넋이 나가버렸는데 나는 그 순간 묘하게도 '참 형다운 최후였구나…….' 하는 생각이 들었다. 하느님이 천사를 그렇게 오랫동안 지상에 내버려 두지는 않을 테니까 말이다.

그런 말도 안 되는 생각을 한동안 하며 통곡을 하고 계신 어머니 옆에 넋이 나간 채 서 있었다.

그 다음 며칠 동안 우리 집은 무덤과도 같았다. 어머니는 음식은커녕 물조차 드시지 않았다. 그런 어머니의 모습을 보니 한편으로는 그렇게 떠난 형에게 한없이 원망하는 마음이 생기기도 했다.

어머니는 사흘째 되던 날부터는 온몸에 열꽃이 피기 시작했다. 참 지독한 열병이었다. 급히 의사를 불렀지만 의사는 영양제를 놓아주면서 환자 스스로 일어나야지 별다른 수가 없다는 말을 했다. 나는 어머니에게 산 사람은 어쨌든 살아야 할 거 아니냐고 설득했지만 어머니는 못 듣는 것 같았다.

시간이 흐르자 이제는 지쳐서 더 우시지도 못하고 그냥 멍하니 누워만 계셨다. 그리고 밤이 되면 다시 고열에 시달리시고는 했다. 나는 두려운 생각이 들었다.

어머니는 마치 자신의 생일날,
아니, 형의 생일날에 맞춰 돌아올 수 없는 저 먼 곳으로 형을 따라가시려는 것 같았다. 어떻게 할 도리가 없었다.

드디어 어머니의 생일날, 형의 생일날이 돌아왔다.
그날 아침 눈을 떠보니 밤새 눈이 내렸었는지 온 세상이 하얗게 반짝이고 있었다. 그리고 어머니와 평소 친했던 동네 아주머니들이 어머니를 위로하려고 한 분, 두 분 모여들었다.

아주머니들은 다들 한마디씩 위로의 말을 건넸지만 어머니는 눈조차 감으신 채 아무 말도 못 듣는 것 같았다. 나는 거의 자포자기상태로 빠져들었다.

그러던 그날 오후였다.
초인종 소리가 들렸다. 나는 또 어느 동네 아주머니겠거니 하고 대문을 열어주었다.

그런데 정말 태어나서 그런 광경은 처음 보았다.
수백 송이의 꽃들이었다. 이제껏 그렇게 많은 꽃을 본 적이 없었다. 배달하는 사람들도 이렇게 많은 꽃을 배달해 보기는 처음이라는 말을 했다. 하얀 눈밭 위에 수백 송이의 아름다운 꽃들이 펼쳐져 있었다.

정말 황홀하도록 아름다운 풍경이었다.
누가 보냈는가 보았더니 바로 형이었다. 어머니가 어느새 나오셔서 그 광경을 보시고 계셨다. 어디서 그런 기력이 다시 생기셨는지 애써 문틀에 의지하며 서 계셨다.

나는 형이 남긴 짤막한 생일축하 메시지를 어머니에게 보여드렸다.
"어머니, 오래오래 행복하게 사셔야 돼요. 언제까지나 어머니 곁에서 함께할 겁니다." 어머니의 눈가에 마른 줄 알았던 눈물이 다시 조용히 번지기 시작했다.

언제 꽃 배달을 시켰는가 보았더니 자신이 교통사고를 당하기 바로 전날이었다.

생일에는 절대 선물을 하지 않던 형이……. 꽃 같은 것은 관심에도 없으셨던 어머니에게 이렇게 많은 아름다운 꽃들을 어머니의 생일 바로 자신의 생일에 보내온 것이었다.

그때 문득 마당에서 맴돌고 있는 참새 한 마리를 보았다.

언제부터 그러고 있었는지는 모르고 있었는데 참새 한 마리가 마당에 앉아 있었다. 내가 자신에게 관심을 보이는 걸 알았는지 참새는 파닥거리며 날아올라 마당을 한 바퀴 휘돌더니 하늘 높이 날아오르기 시작했다. 여태까지 나는 그렇게 높이 나는 참새를 본 적이 없다. 그렇게 아득히 날아오르더니 하늘 끝으로 사라져버렸다.

그날 이후 어머니는 조금씩 기력을 다시 찾기 시작하셨다.

그런데 어머니의 눈빛이 바뀐 걸 알게 되었다. 옛날에는 항상 돈에 얽매이고 근심이 가시지 않던 어머니의 눈빛에 한없는 평화가 감돌고 있었다. 그리고 어머니는 결혼하시고는 나가시지 않던 성당을 다시 다니시기 시작하셨다.

원래 어머니는 결혼하시기 전에는 독실한 천주교 신자였다고 한다. 세례명인가 영세명인가 잘은 모르겠지만 어머니의 세례명이 '아녜스'였다는 것도 그때 처음 알았다.

아참! 형의 유품을 정리하다 보니 형이 선명회라는 단체에 가입하여 한 어린이를 돕고 있었다는 것을 알게 되었다.

지금 그 아이의 후원자는 바로 나다.

평생에 내가 누군가를 돕는 걸 하게 될 줄은 몰랐다. 한 달에 한 번씩 지로로 후원금을 부쳐주고는 한다. 그동안은 자동이체로 했었는데 그러다 보니까 내가 누군가를 후원하고 있다는 사실조차 까맣게 잊고 지내기가 일쑤였다. 그 애하고 만나봤는데 그 애 말이 형은 크리스마스나 그 애 생일뿐만 아니라 새 학기가 시작하면 학용품도 사서 부쳐주고 편지도 자주 써주고 그랬단다.

그 애는 형이 참 보고 싶다며 지금 형은 어디 있느냐고 물었다.

나는 차마 형이 죽었다는 말은 할 수 없었다. 사정이 있어서 저 하늘 너머 먼 나라에 가 있다고만 말해 주었다.

이런 저런 이야기를 나누다 다음에 다시 만나기로 약속하고 뒤돌아 걸어가는데 뒤에서 그 애의 목소리가 내 귓전을 때렸다.

"그렇게 좋은 형과 한집에서 매일같이 사시니 얼마나 행복하세요?"

바보같이 그제야 나는 깨닫게 되었다.

형과 지낸 지난 이십여 년 간의 시간이 얼마나 행복했었는가를……

나는 왜 그렇게 어리석었던가…….

아이에게 무어라 대답을 해주어야 할 텐데 갑자기 목이 메여오기 시작했다. 그 순간 언제나 나에게 따뜻한 미소를 보내주던 형의 다정한 얼굴이 떠올랐다. 내가 매일같이 동네 아이들과 어울렸을 때 혼자서 방을 지키던 우리 형은 얼마나 외로웠을까? 학교에서 아이들에게 괴롭힘을 당해 말까지 더듬어대던 우리 형에게 위로의 말은커녕 그보다 더 괴롭히기만 했던 나는 나쁜 동생이 아니었던가?

그런 못된 동생을 위해서 매까지 대신 맞아주던 착한 우리형…….

아이에게 눈물을 보이지 않으려 애쓰며 천천히 돌아서서 아이에게 이렇게 말했다.

"그럼 얼마나 행복했는데……. 그렇게 좋은 형이 있어서 나는 참 행복하단다."

하지만 아이와 눈이 마주친 순간 눈앞이 그만 부옇게 흐려지고 말았다.

나는 솔직히 이 애한테 형이 했던 것처럼 할 자신은 없다.

그래도 한번 열심히 노력해 볼 생각이다. 그래야 천사의 동생이
될 자격을 갖게 될 테니까.

강동구의회,
전국시군구의회 최초
'의정활동관련 책자' 발간

강동구의회(의장 성임제)는 지방자치 20년을 맞아 1991년 초대부터 제6대 현재까지 강동구의회 의원들의 활동모습을 담은 4종류의 책자를 발간했다.

그동안 각 지방의회에서는 의원의 의정활동을 담은 의회보 등여러 종류의 홍보책자를 발간하여 왔으나 이번에 발간한 책자는의회 홍보가 아닌 순수한 기록물로서 남다른 의미를 가진다 할 수있는 큰 족적으로 남게 됐다.

▲ 본회의 및 각 위원회의 『의사일정』 ▲ 각 상임위원회와 특별위원회의 운영 및 활동내역을 담은 『위원회 활동내역』 ▲ 개원 이후 처리한 안건 처리내역인 『의안 처리부』 ▲ 발언 의원의 소신과정책대안을 담은 『5분 자유발언』을 종류별로 발간하였다.

초대부터 현재까지 20년의 자료를 한곳으로 모아서 종류별로 발간하기까지는 심재훈 의사팀장의 우직한 고집이 있었기에 가능하였다. 심 팀장은 '그런 것은 만들어 뭐하느냐'는 등 주위의 부정적인 시각에도 개의치 않고 1년여에 걸쳐 묵묵히 자료 수집을 하여 의사팀의 절감한 예산 일부를 사용하는 한편, 의사팀원들은 물론 발간시일을 맞추기 위해 방학 때 아르바이트생을 일부 활용하는 등 각고의 노력 끝에 발간의 성취를 이루어냈다.

이번에 발간된 '의정활동책자'는 제16회 강동선사문화축제 기간 동안 행사장에 비치하여 행사장을 방문한 구민들에게 지방자치 20주년을 맞아 의회의 기능과 역할, 지방의회의 역사에 대해 널리 알리는 장이 되었다는 평가를 받았다.

책을 발간한 심재훈 의사팀장은 "개인적으로 의회에 근무하면서 기록(역사)을 남길 수 있어 기쁘게 생각한다."라며 이를 "그동안 믿고 따라준 의사팀 직원이 있었기에 가능했다."라고 공을 돌리는 미덕을 보였다.

성임제 강동구의회 의장은 "지방자치 20주년을 맞아 구의회의 지나온 활동을 구민들에게 알릴 수 있는 차원에서 큰 족적을 남기게 됐다."며 "이번 발간을 계기로 의정활동의 흔적을 세밀하게 기록해나가는 시스템을 만들어가겠다."는 당찬 각오를 밝혔다.

[2011-10-18 오후 3:10] 구민신문 운영자

부록

강동구의회 20년사 정리

지방자치단체에서 취급하는 많은 업무는 '새올시스템'이라는 공간에서 이루어지며 의회관련업무 역시 별도의 속기록 등을 제외하고는 본 시스템에 입력 관리하여야 합니다.

지방의회가 개원되어 20여 년의 모든 과정의 기록을 살펴보려면 '속기록'만이 유일하다고 할 수 있습니다. 의회와 관련된 모든 것을 기록할 수 있는 저장시스템인 새올시스템은 근래에 개발된 이유로 과거의 내용을 현재의 시스템에 전산입력 한다는 것은 누군가의 대단한 각오와 많은 노력과 시간을 필요로 합니다.

전국 지방의회사무국 어느 누구도 시도하지 못한 지방의회 개원 20여 년의 역사를 체계적으로 기록·관리하고자 하였으며, 그 과정에서 의회운영의 현실을 시스템이 정확히 구현하지 못하는 부분을 개선하고자 새올 관리 부서와의 교류내용 등 약 1년간의 노력의 일부가 여기에 있습니다.

마지막으로 의회역사를 기록할 수 있도록 시스템을 구축하여 주신 새올시스템 관계자께 감사드리며, 특히 입력과정에서 많은 도움을 주신 서비스팀의 노고에 깊은 감사 말씀드립니다.

요청내용	처리내용
요청 제목: '의회/의안관리' 정리 요청합니다. 안녕하십니까? 저는 서울강동구의회사무국에 근무하는 의사팀장 심재훈입니다. 최근에 새올시스템의 '의회' 관련 자료를 열심히 입력 중입니다. 이미 '의원/위원회관리'는 입력을 거의 마쳤고요. '의사일정관리'를 입력 중에 있습니다. 저의 전임자(누가 언제 작업하였는지는 모르겠습니다)께서 본 시스템에 일부 작업을 시도하다가 입력 자료의 방대함에 본 작업을 마치지 못하고 그만둔 흔적이 있습니다. 이후로 본 시스템의 업무개선이 일부 이루어진 것 같습니다(공지사항을 검색해 보니). 요청 드리는 것은 본 시스템 중의 '의안관리'에 기록된 부분(의안기록이 15건이 있음)을 없애 주시기 바랍니다. '상세조회화면'에 접근하면 '수정' 또는 '삭제' 등의 버튼이 있는데 이것이 활성화 되지 아니하여 '삭제'를 할 수가 없기 때문입니다. 특히 작업하시면서 주의하실 부분을 당부 드리면 제가 이미 입력한 '위원/위원회관리'나 '의사일정관리' 부분은 반드시 보존해주실 것을 당부 드립니다. 약 20여 년간의 기록을 찾아서 입력하려고 하니 그 작업의 방대함과 의지가 상당히 요구되는 일입니다. 이러한 시스템을 구축해 주신 귀부서의 노고에 감사드립니다.	접수자: 이화진 접수일: 2010-11-01 답변내용 : 안녕하십니까? 의회업무 담당자 이화진입니다. 상기 요청 건은 의안관리에 입력된 15건에 대해서 삭제처리가 완료되었습니다. 확인을 부탁드립니다. 감사합니다. 그럼 좋은 오후 보내십시오.

요청내용	처리내용
요청제목: 도움을 청합니다. 이화진 선생님 안녕하세요? 일전에 도움을 받았던 강동구의회사무국 심재훈입니다. 지난 제5대 구의회 관련 자료를 열심히 입력하고 정리하는 중입니다. 처음 해 보는 작업이라 서툴러서 또 도움을 청하고자 합니다. 의안 중 본회의에 여러 가지 이유로 상정하지도 않고 의안이 폐기 또는 철회되는 경우가 가끔 있으나, 이번에 작업 중 3건의 의안을 착오 처리하였습니다. 의안접수에 '수정' 버튼이 있다면 수정이나 삭제를 한 후 재입력하면 될 텐데 이미 처리하였기 때문에 작업을 할 수가 없습니다. 요청 드리는 것은 수정, 삭제의 버튼을 활성화시켜 주시거나 다음 3건의 의안을 삭제시켜주시기 바랍니다(삭제되면 재입력 후 작업하겠습니다). 해당년도 의안번호 착오입력 내용 2006 — 49 — 바로 철회하여야 할 것을 본회의 상정 후 철회로 잘못 작업함. 2007 — 112 — 위와 같음. 2010 — 343 — 임기만료 자동폐기하여야 할 것을 상정 후 폐기로 잘못 작업함. 신속한 처리에 미리 감사드립니다.	접수자: 이화진 접수일: 2010-11-04 답변내용 : 안녕하십니까? 의회업무 담당자 이화진입니다. 상기 요청 건은 본회의 등록 내용을 삭제하였으며, 처리 진행 상태를 현재 본회의 회부 상태로 변경처리하였습니다. 접수내용은 삭제하지 않았으니 새롭게 등록하실 필요 없이 의안접수관리에서 폐기 또는 철회처리를 하시면 될 것 같습니다. 만약 철회나 폐기처리 방법에 대해 궁금하신 경우에는 연락을 주시면 안내해 드리겠습니다. 감사합니다. 그럼 좋은 하루 보내십시오.

요청내용	처리내용
요청제목: 또 도움을 요청합니다. 이화진 선생님! 어제 올린 내용을 신속히 처리해 주셔서 정말 감사드립니다. 또 도움을 요청하고자 합니다. '의안관리/의안심사관리/위원회의결관리'에서 다른 의안을 잘못 처리해서 엉뚱한 의안이 변경되게 만들었습니다. 이미 '본회의'로 회부되었기 수정을 할 수가 없더군요. 아래 2건을 위원회 '심사' 중인 상태로 변경시켜 주시기 바랍니다. 즉, 위원회 의결 전 상태로 만들어 주시기 바랍니다. 의안번호 63 / 서울특별시강동구의원의원연구단체지원규칙일부개정규칙안 의안번호 62 / 서울특별시강동구지방별정직공무원인사관리조례일부개정조례안 빠른 처리에 미리 감사드립니다. 늘 건강하세요.	접수자: 이화진 접수일: 2010-11-04 답변내용 : 안녕하십니까? 의회업무 담당자 이화진입니다. 상기 요청 건은 전화로 안내를 드린 바와 같이 종결된 의안이 아니기 때문에 직접 수정을 하실 수가 있습니다. 현재 위원회의결처리 상태에 있으므로 위원회의결관리에서 해당 의안을 검색하신 다음 더블클릭하시면 상세조회로 전환됩니다. 그 상세조회 화면에 수정, 삭제 버튼이 활성화되어 있을 것이므로 위원회 심사관리에 수정하고자 하시면 삭제를 하시고 위원회 의결관리에서 수정을 하시고자 하면 수정을 직접 하시면 됩니다. 감사합니다. 그럼 좋은 오후, 즐거운 주말 보내십시오.

요청내용	처리내용
요청제목: '의회관련' 도움을 요청합니다. 이화진 선생님 신속하고 친절하신 처리에 깊이 감사드립니다. 처음 모진 마음먹고 작업(입력)하고 있으나 서툴러서 자꾸만 귀찮게 해드려 정말 죄송합니다. 이번에 또 도움을 요청드리고자 하는 사항은 제5대 의안의 처리과정에서 '제안일자'를 잘못 입력하여 고칠 부분이 상당히 있습니다. 저의 잘못으로 인하여 번거롭고 귀찮게 해드려 죄송한데요. 첨부파일은 제5대 의안접수목록입니다. 붉은색으로 표시된 제안일자로 변경되어야 할 리스트입니다. 감사합니다. 늘 건강하세요. 첨부파일 제5대 의안 접수목록.xls	접수자: 이화진 접수일: 2010-11-05 답변내용: 안녕하십니까? 새올의회업무 담당자 이화진입니다. 상기 요청 건은 확인 후 처리를 해 드리겠습니다. 시간이 조금 소요될 수 있어 양해 바랍니다. 늦어도 다음 주 월요일까지는 처리해 드리겠습니다. 기다려 주시면 감사하겠습니다. 처리 후 다시 연락을 드리겠습니다. 감사합니다. 그럼 좋은 주말 보내십시오. 안녕하십니까? 상기 요청 건은 전화로 안내를 드린 바와 같이 말씀드린 몇몇 의안 건을 제외하고는 모두 처리가 되었습니다. 확인을 부탁드립니다. 감사합니다. 그럼 좋은 오후 보내십시오.

요청내용	처리내용
요청제목: 의안관리 작업관련 이화진 선생님, 안녕하세요! 선생님의 친절하고 신속하신 지도 덕분에 지난 20여 년의 의회역사(?)를 차근차근 기록·정리하고 있습니다. 이번에 문의(개선) 드리는 사항은 '의안/의안관리/의안접수관리/의안접수관리/의안상세조회'와 관련하여 문의 드립니다. 의안을 접수하고 작업하던 중, 잘못 입력하여 정정하거나 삭제할 경우가 있습니다. '길라잡이' 책자의 115쪽에 의하면 이미 입력한 의안을 삭제하거나 수정을 할 경우, 이를 삭제하거나 수정할 수 있도록 밑의 버튼이 활성화되도록 되어 있어야 하나 버튼이 활성화되어 있지 아니하여 수정할 수가 없습니다. 이럴 땐 어찌해야 하나요? 해당 의안은 '5-18'로 오타를 정정하고자 합니다. 빠른 처리에 거듭 감사드립니다.	접수자: 이화진 접수일: 2010-11-12 답변내용 : 안녕하십니까? 의회업무 담당자 이화진 입니다. 상기 문의 건은 전화로 안내를 드린 바와 같이 의안접수관리에서 수정을 하기 위해서는 다음 단계 메뉴에서 등록이 되어 있지 않은 것이어야 합니다. 접수처리만 하신 상태에서는 얼마든지 수정, 삭제처리가 가능하시나, 위원회심사관리 이후의 메뉴를 등록하시고 나면 더 이상 수정이 불가능합니다. 때문에 위원회심사관리에 등록을 이미 하신 건이시라면 위원회심사관리 등록하신 건을 삭제하신 다음에야 접수에서 수정이 가능하며, 만약 위원회의결까지 입력하신 건이시라면 위원회의결 삭제를 하시고 위원회심사까지 삭제하신 다음에야 접수에서 수정을 하실 수 있습니다. 업무에 참고를 부탁드립니다. 감사합니다. 그럼 좋은 하루 보내십시오.

요청내용	처리내용
요청제목: 증명서 발급 건(의사일정 확인서 등) 안녕하십니까? 신속하고 친절하신 관계자님의 대응에 감사드립니다. '새울시스템(의회 편)'의 기능 개선에 대한 건의를 하고자합니다. 우리 구 의원들 중 대학이나 대학원에 재학 중인 의원이 계십니다. 의회가 개원되면 바쁜 의정활동의 일정에 따라 부득이 학교에 가지 못하시는 경우가 있습니다. 당연히 학교에 가지 못하는 이유를 학교에서는 그 사유를 제출하라고 하는 모양입니다. 그래서 우리 구 의회에서는 별첨의 서식을 만들어서 의원님께 드리면 의원님은 '의정활동확인서'를 학교에 제출하십니다. 물론 이러한 서식은 어디에 규정된 바가 없고요. 건의 드리는 사항은 별첨의 서식 또는 유사한 서식(증명서)을 출력할 수 있도록 조처해 주실 수는 없는지요, 하는 것입니다. 당장 급한 것은 아닙니다만 필요한 의원이 계시기 때문에 이렇게 건의 드리는 것이니 참고하여 주시기 바랍니다. 감사합니다. 첨부파일 의사일정확인서	접수자: 이화진 접수일: 2010-11-19 답변내용 : 안녕하십니까? 의회업무 담당자 이화진입니다. 상기 요청 건은 검토 후 다시 안내를 드리겠습니다. 당장 답변을 드리지 못하는 점 양해를 부탁드립니다. 감사합니다. 그럼 좋은 주말 보내십시오. 안녕하십니까? 상기 요청 건의 검토사항을 다시 안내드리겠습니다. 전화로 안내를 드린 바와 같이 의회운영상에 존재하지 않는 서식이기에 반영이 불가능합니다. 전국 공통 시스템이다 보니 지자체 특정 서식을 반영해 드리지 못하는 점 양해를 부탁드리며, 요청사항을 반영해 드리지 못해 정말 죄송한 말씀을 드립니다. 감사합니다. 그럼 좋은 하루 보내십시오.

요청내용	처리내용
요청제목: '의안관련' 도움을 요청합니다. 이화진 선생님, 안녕하세요? 늘 도움을 요청 드리면 빠르고 신속하게 처리하여 주셔서 얼마나 고마운지 모르겠 습니다. 감사드립니다. 이번에 또 도움을 요청 드리는 사항은 안건이 접수되면 '의회/의안관리/의안접 수관리/의안접수관리'에 입력하였습니다 만 '의안의 종류'를 잘못 분류하여 입력하 였습니다. 의안종류는 모든 구의회에서 발간하는 '의 회보'나 '의정안내' 등 홍보물에 빠지지 아 니하고 들어가는 의원의 활동상황인데 잘 못 입력하여 큰일이 나 버렸습니다. 이화진 선생님께 염치없게 부탁드리는 사 항은 선생님께서 일괄하여 작업하여 주실 것을 당부 드리고자합니다. 제가 작업하려 고 했으나 이미 의결이나 심사를 마쳤다 하여 작업에 어려움이 있더라고요. 부디 선처(작업)하여 주시기 바랍니다. 작업 하시기 편하시도록 해당 안건을 엑셀 작 업하여 발췌하여 첨부하였습니다. 빨간색 으로 변경되어야 할 부분입니다. 늘 고마운 마음을 가지고 있습니다. 당장은 아니나 시간을 갖고 작업하셔도 무방합니다. 안녕히 계십시오. 첨부파일 5대의안(강동구).xls	접수자: 이화진 접수일: 2010-11-29 답변내용 : 안녕하십니까? 의회업무 담당자 이화진 입니다. 상기 요청 건은 내일까지 처리해 드릴 예 정입니다. 모레 수요일에 확인해 보시면 되오니 업무에 참고를 부탁드립니다. 감사합니다. 그럼 좋은 하루 보내십시오. 안녕하십니까? 상기 요청 건은 처리가 완료되었으니 확 인을 부탁드립니다. 감사합니다. 그럼 좋은 하루 보내십시오.

요청내용	처리내용
요청제목: '의회'편 기능개선사항을 건의합니다. 이화진 선생님, 안녕하세요? 이제는 올해의 마지막 회기가 모두 끝나고 잠시 여유로운 시간을 갖고 있습니다. 이번에 또 도움을 요청드리는 사항은, 건의사항으로서 검토하여 반영하여 주실 것을 희망합니다. 안건이 접수되면, 해당 상임위원회로 회부하여 '심사'를 거치고 '의결(원안. 수정)'된 안은 최종 본회의에서 처리하고 있습니다. 그러나 상임위원회에서 처리과정을 잠시 언급 드리면 의결(원안. 수정) 외에 '부결'처리하는 경우도 있고 당초 '원안'을 '폐기' 처리하고 '대안'을 심사하는 경우도 있고 발의자가 '철회'하는 경우도 있습니다. 이러한 경우 '의회/의안관리/의안대장관리'에서 '의안처리부'를 출력하여 살펴보니 몇 가지 개선하였으면 하는 사항이 있어 이렇게 요청드리게 되었습니다. 1. 위원회에서 '대안'을 심사하기 위하여 '원안'을 폐기하는 경우 현재는 '의안처리부'의 '위원회/처리일/처리결과'에 '폐기'로 표시되는 것을 　→ '의안처리부'의 '비고'란에 그 사유를 기재하여 출력 시 알아볼 수 있도록 조치 바랍니다.(비고란의 기록 예: 대안심사)	접수자: 이화진 접수일: 2010-12-22 답변내용 : 안녕하십니까? 의회업무 담당자 이화진입니다. 우선 늘 저희 시스템에 관심을 가져주시고 잘 이용해 주셔서 감사합니다. 상기 요청 건에 대해서는 검토 후에 세부사항에 대한 안내를 다시 드리겠습니다. 바로 답변을 드리지 못해 죄송합니다. 그럼 선생님께서도 즐거운 연말 보내시고, 혹 새해 전에 제가 연락을 드리지 못할 수도 있으니 행복한 새해 맞으시길 바랍니다. 그리고 오늘 하루도 좋은 하루 보내십시오. 감사합니다. 상기 기능 개선 요청사항에 대해 다시 안내를 드리겠습니다. 요청하신 사항 1~4번까지 반영할 예정입니다. 반영 시기는 3월 10일 전에 반영 예정이므로 업무에 참고를 부탁드립니다. 그럼 좋은 하루 보내십시오. 처리결과: 검토내용(2011-03-03) ○ 요청사항(의안처리부 개선 요청) 　– 위원회에서 [대안]을 심사하기 위하여 [원안]을 폐기하는 경우 그 사유를 비고란에 표기처리 요청.

2. 처리결과 중 의결부분은 누구나 쉽게 이해할 수 있지만 처리결과 중 '기타'로 표기되는 부분에 대하여
    → '의안처리부'의 비고란에 그 사유를 기재하여 출력 시 알아볼 수 있도록 조치바랍니다.(비고란의 기록 예: 원안채택)
3. 의안 접수 후 발의자 등이 다시 수정안을 제출하고자 '철회'하는 경우가 있습니다.
    → 이 경우 비고란에 '철회'가 표시될 수 있도록 조치바랍니다.
4. 안건이 접수되었으나 이를 심사하지 못하고 의원의 임기가 만료되어 자동으로 폐기되는 경우가 있습니다.
    → 이를 현재 의안번호 밑에 '(폐기)' 표기되는 것을 '비고'란에 표기될 수 있도록 하고 그 사유를 기록할 수 있도록 조치바랍니다.

그렇다면, 비고란이 제법 여유가 있어야 한다는 말인데 이는 본회의란에 '보고일/상정일/의결일'을 세로로 배열하면 가능하지 않을까 생각이 됩니다.

당장 급한 사항은 아니니 시간을 갖고 검토하여 주셔도 무방합니다.
즐거운 연말연시가 되시기 바라며, 늘 고맙습니다.

안녕히 계십시오.

‑ 처리결과 중 기타인 경우 그 내용이 입력되는 정보를 비고란에 표기처리 요청.
‑ 의안 접수 후 발의자 등이 다시 수정안을 제출하고자 [철회]하는 경우 비고란에 표기처리요청.
‑ 의원의 임기가 만료되어 자동으로 폐기되는 경우 비고란에 표기처리 요청.
‑ 본회의란에 [보고일/상정일/의결일] 정보를 세로로 배열처리 요청.

○ 검토의견
‑ 폐기, 철회 시에 그 사유를 비고란에 표기처리 예정.
‑ 위원회, 본회의 처리결과가 기타일 경우 그 사유를 비고란에 표기처리 예정.
‑ 따라서 현재 비고란의 넓이가 적당하지 않은 이유로 본회의의 보고일, 상정일, 의결일을 [보고일/상정일], [의결일/처리결과]로 표기하여 비고란의 넓이 조정 예정.

○ 조치결과
‑ 폐기, 철회 시에 그 사유를 비고란에 표기처리.
‑ 위원회, 본회의 처리결과가 기타일 경우 그 사유를 비고란에 표기처리.
‑ 따라서 현재 비고란의 넓이가 적당하지 않은 이유로 본회의의 보고일, 상정일, 의결일을 [보고일/상정일], [의결일/처리결과]로 표기하여 비고란의 넓이 조정 처리.
‑ 출력 시 상하좌우 여백 조정처리.

요청내용	처리내용
요청제목: 의회편 새올의 기능개선을 건의합니다. 이화진 선생님, 안녕하세요? 새올 서비스팀의 노력, 특히 이화진 선생님의 친절과 신속한 서비스 덕분에 어려움이 없이 잘 진행되고 있습니다. 새올의 의회 부분이 완벽하게 구축된다면 우리 구의회를 비롯한 전국의 기초의회가 아주 편리하게 이용될 수 있을 것입니다. 이제, 우리는 지난 5대 의회의 '의안편' 입력이 거의 마무리 단계에 도달한 상태에서, 시스템과 관련한 건의사항으로서 검토하여 반영하여 주실 것을 희망합니다. 기초의회는 어떤 종류의 안건을 접수하여 어떻게 처리하였는가가 제일 중요한 핵심일지도 모르겠습니다. 그리하여 이제 5대 안건이 모두 입력된 상황에서 '의안접수현황(종류별)'과 '의안처리현황'을 출력하여 보았습니다. 그동안 우리는(아마도 전국이 공통이겠지만) 일일이 수기로 '正자' 표시해가면서 의안의 종류별 접수와 함께 어떻게 처리되었는지를 작성하였습니다. 첨부된 자료를 참고하시면 되겠습니다. 본 새올 시스템의 종류(의안의 구분)는 그동안 분류된 우리의 분류기준과는 약간 다르며, 처리내용도 약간 다름을 알 수 있	접수자: 이화진 접수일: 2010-12-23 답변내용 : 안녕하십니까? 의회업무 담당자입니다. 상기 요청 건은 전화로 답변을 드린 바와 같이 의안대장관리에 적용되어 있는 의안처리현황 자료를 참고하시면 요청하신 첨부파일의 서식을 작성하시는 것에 문제가 없을 것으로 판단이 됩니다. 각 지자체마다 결과로 확인하시는 자료는 비슷하지만, 그 서식은 상이하여 부득이하게 전체를 파악하도록 만든 자료입니다. 따라서 우선 의안처리현황 자료 검토를 부탁드립니다. 그리고 말씀하신 의안처리현황 데이터 중 0건인 경우에는 표시를 하지 않는 것에 대해서는 검토를 하도록 하겠습니다. 또한 의안 종류 중 예결산안에 대해서는 좀 더 검토 확인 후에 답변을 다시 드리도록 하겠습니다. 바로 답변을 드리지 못해 정말 죄송합니다. 그럼 좋은 오후 보내십시오. 처리결과: 검토내용(2011-01-11) ○ 요청사항 1. '의안접수 및 처리현황' 기능 추가 요청. 2. 의안 종류의(예결산안) 명칭을 예산안으로 변경 요청. ○ 검토의견

습니다. 그러나 새올팀이 본 의회 편을 구축하면서 관계 법률과 전문가들과 무수한 고민 끝에 만들어진 것이라고 생각되며, 이제 와서 다른 분류와 처리현황을 대입하자면 큰 혼란과 문제와 시간이 필요하리라 생각되며, 현재의 구축된 상태로 따르는 것이 타당하다고 사료됩니다. – 딱히 잘못된 것이 없으며, 전국의 의회가 기준을 삼을 것이므로 –

그러나 의안의 '접수현황'과 의안의 '처리현황'이 종이 한 장에 표기되어야 하는 부분은 반드시 검토가 되어야 한다고 생각되며 그리 되어야 한다고 생각됩니다.

그렇다면 현재 별도 각각의 의안접수현황과 의안처리현황이 한 장으로 표시되어야 하는데, 이는 또 다른 첨부물을 참고하시기 바라며 저의 의견임을 참고바랍니다. 즉 분류표에 의안접수현황, 의안처리현황 외에 '의안접수 및 처리현황'을 하나 더 만들어 주십사하는 것입니다.

이는 의회에서 발간되는 각종 홍보물에는 의원의 활동상황과 함께 의안처리내역이 반드시 게재되는 중요한 사항임을 말씀드립니다.

자꾸 번거롭게 해드려 송구합니다. 그러나 새올을 이용하는 것이 이제 시작이라면 적극적으로 검토되어야 한다고 생각됩니다.
당장은 아니나 시간을 갖고 작업하셔도 무방합니다.

1. 현재 의안대장관리에 '의안처리현황' 조회 및 출력 기능이 존재함.
   – 이에 대한 유선 안내 결과 본회의 상정 전에 철회, 임기만료폐기 건들을 본회의 미결건으로 두지 말고 '본회의 (미상정 종결)'건으로 분리하여 조회되도록 개선 요청하였으므로 미상정 폐기, 철회건들은 본회의(미상정종결)로 구분하여 조회 처리예정임.
   – 위원회별 처리 내역은 연이어 조회 출력되도록 하지 말고 첫 장에는 접수, 제안자, 본회의 의결 정보만 처리하고 다음 장에 별도로 위원회처리내역이 조회 출력 되도록 기능개선 요청하였으므로 이에 대해 반영 개선 예정임.
   – 건수가 없는 경우 모두 0으로 표시하고 있는데 그 가운데 건수를 확인하는 것이 불편하므로 0으로 표시되지 않도록 처리해 달라는 요청에 따라 건수가 없는 경우 '–'으로 표시 예정임.

2. 요청 의견이 타당하며, 지방의회운영책자에도 결산안의 경우 승인안으로 처리하는 것으로 확인이 되었으나, 별도의 예산안과 동일한 의결절차를 갖는 결산안이 존재하는지의 여부를 확인 후 모든 결산안이 승인안으로 처리되는 경우 예결산안 명칭 개선 예정임.
   – 따라서 상기 의사결정이 이루어지기 전까지 출력물의 '예결산안' 명칭을 '예산안'으로 수기 변경 가능토록 처리 예정임.

○ 조치결과

늘 건강하시고, 도움을 주셔서 진심으로 감사드립니다.
안녕히 계십시오.

강동구의회 심재훈 드림

-추신-
의안의 종류에는 '예결산안'이 있으며 예산안의 구분에는 무리가 없는데, 문제는 '세입세출 결산과 예비비 지출'의 구분에 어려움이 있습니다. 이는 예산과 관련된 안건으로 '예결산안'으로 보아도 무방하다고 할 수도 있겠으나, 실제는 '0000회계년도 세입세출 및 예비비 지출 승인의 건' 또는 '―――승인안'이라는 형식으로 상정되며, 승인이냐 아니냐의 문제만이 있을 수 있으며, 오직 '승인'만으로 귀결되고 있는 실정입니다.

그렇다면, 이 안건은 '승인안'으로 분류되어야 하고, 현재의 '예결산안'은 '예산안'으로 정정되어야 한다고 생각합니다만, 이 문제는 당초 새올시스템 구축 당시 법률 검토와 전문가들께서 고민을 많이 하셨으리라 짐작이 갑니다만, 의견을 주시기 바랍니다.

첨부파일   제5대_안건현황
            의안접수 및 처리현황.hwp

- 의안처리현황 조회 시 본회의 상정 전에 철회, 임기만료폐기건들을 '본회의(미상정 종결)'건으로 분리하여 조회되도록 개선 처리.
- 첫 장에는 접수, 제안자, 본회의 의결정보만 처리하고 다음 장에 별도로 위원회처리내역이 조회 출력되도록 기능개선 처리.
- 건수가 없는 경우 0이 아닌 '-'으로 표시 처리.
- [예결산안] 명칭 수정이 가능토록 처리.

요청내용	처리내용
요청제목: 5분 자유발언 관련 기능개선 건의 이화진 선생님, 안녕하세요? 제례하옵고 의원 5분 자유발언과 관련한 새올시스템의 개선과 관련한 사항입니다. 현재의 시스템은 기록물 입력과 보관관리에는 어려움이 없이 잘 만들어져 있습니다. 그러나 이를 출력하여 사용(의원에게 제공, 책자 제작 등)할 경우에는 부적합한 부분이 다소 있어 이를 개선하고자 제안 드립니다. 1. 의원의 5분 자유발언 전문이 출력되도록 조치하여 주십시오. 　– 현재 오른쪽 하단에는 '출력'과 '추가' 버튼이 있으나 이를 ① '전문 출력', '목록 출력', '추가'로 개선하여 전문 출력의 경우 별첨의 상세화면이 나오도록 하고 목록출력의 경우는 현재의 목록이 나오도록 조치가 되든지, ② 해당 목록을 클릭하여 들어가면 '수정' 또는 '삭제'할 수 있으나 '전문 출력' 또는 '출력버튼'을 추가하여 이를 클릭하면 별첨의 상세화면이 나오도록 개선을 희망합니다. 2. 이 출력물을 편집이 용이하도록 하는 과정(절차)이 필요합니다. 　– 이것은 출력된 문건이 바로 읽기 쉽도록 띄어쓰기나 배치·배열이 적당하도록 별도의 편집 작업을 한 번 더 할 수 있도록 하는 작업과정이 필요하며,	접수자: 이화진 접수일: 2010-12-24 답변내용 : 안녕하십니까? 의회업무 담당자 이화진입니다. 상기 요청하신 내용은 검토 후에 최대한 반영하는 방향으로 진행하겠습니다만, 해당 내용을 좀 더 자세하게 검토 후 그 결과에 대해서 다시 안내를 드리도록 하겠습니다. 기능 개선이 이루어진다고 하더라도 전화상으로 안내를 드린 바와 같이 시일이 좀 걸릴 수도 있으니 이점 양해를 부탁드립니다. 감사합니다. 그럼 좋은 오후, 즐거운 크리스마스 보내십시오. 상기 요청사항에 대한 추가 안내를 드리겠습니다. 5대 이전의 의원 5분 자유발언을 등록할 경우 위원회 정보 없이도 등록 가능하도록 처리할 예정입니다. 그리고 의원 5분 자유발언관리 상세조회 메뉴에 요청하신 서식대로 상세정보를 출력할 수 있는 출력 기능을 반영할 예정입니다. 그러나 출력물에 대한 편집 처리는 별도의 한글파일로 저장하신 다음 수정하시는 방법 외 바로 수정 처리를 하는 것은 불가능하므로 이점에 대해서는 양해를 부탁드립니다.

별첨의 상세화면은 이러한 작업과정이 없이 속기록을 드래그 복사하여 붙여쓰기 된 화면임을 참고하시기 바랍니다.(읽기가 영~)

3. 5분 자유발언의 입력에는 소속위원회를 반드시 입력토록 되어 있으나, 이전 기록을 찾기에는 어려움이 많으니 이를 5대 이후에만 반드시 입력하는 것으로 조치바랍니다.(즉 1~4대 의회는 입력 여부를 '선택'하도록)
 – 기초의회가 1991. 4. 15 개원되었으며 근 20년이 되고 있습니다. 저는 이를 최초의 기록부터 작업(입력)하고자 합니다. 5대 의회나 6대 의회는 최근의 내용으로 작업에는 그리 큰 어려움이 없으나 1990년대 초반에는 의원의 이름조차도 잘 모르는 경우가 많고, 더욱이 그 의원이 무슨 위원회인지는 무수한 시간과 노력이 동반되어야 알 수 있습니다. 그러하니 '의원 5분 자유발언' 입력 시에는 5대 이후에는 소속위원회를 반드시 입력토록 하여 주시고 그 이전의 대수에는 소속위원회를 입력하지 아니하여도 통과 저장되도록 조치하여 주시기를 희망합니다.

늘 건강하시고 도움을 주셔서 진심으로 감사드립니다. 안녕히 계십시오.

첨부파일 의원 5분 자유발언 내용.hwp

1. 의원의 '5분 자유발언' 내용이 출력되기를 희망하는 화면입니다.

해당 업무개선 내용은 늦어도 2월 17일 전까지는 반영될 예정이오니 업무에 참고를 부탁드립니다.

감사합니다. 그럼 좋은 오후, 즐거운 명절 보내십시오.

처리결과: 검토내용(2011-02-01)
○ 요청사항
 1. 5대 이전의 의원 5분 자유발언을 등록할 경우 위원회 정보를 일일이 확인하기 힘든 부분이니 위원회정보 없이도 등록 가능하도록 처리 요청.
 2. 의원 5분 자유발언 관리 상세 내용에 대해 출력 가능하도록 출력기능 추가 요청.
 3. 출력물에 대한 편집 처리 가능하도록 처리 요청.

○ 검토의견
 1. 5대 이전의 의원 5분 자유발언을 등록할 경우 위원회 정보 없이도 등록 가능토록 처리하고 5대 이후는 기존과 마찬가지로 반드시 위원회 정보 등록 가능하도록 처리 예정.
 2. 의원5분 자유발언 관리 상세조회 메뉴에 상세내용에 대해 출력 가능하도록 출력기능 추가 예정.
 3. 출력물에 대한 편집 처리는 별도의 한글파일로 저장하신 다음 수정하시는 방법 외 바로 수정처리를 하는 것은 불가능하므로 해당 기능 반영 불가함.

2. 정보공개 여부는 불요하여 이를 삭제하
   였습니다.
3. 속기록을 그대로 드래그 복사하여 붙인
   상태로 이 형태로는 사용할 수가 없습니
   다.(다시 한 번 편집 작업이 필요하지요)
4. 다음 페이지는 한 번 더 편집한 화면이
   며, 최종 결과물입니다.

○ 조치결과
  1. 5대 이전의 의원 5분 자유발언을 등
     록할 경우 위원회 정보 없이도 등록
     가능토록 처리하고 5대 이후는 기존
     과 마찬가지로 반드시 위원회 정보
     등록 가능하도록 처리.
  2. 의원 5분 자유발언 관리 상세조회
     메뉴에 상세내용에 대해 출력 가능
     하도록 출력기능 추가.

요청내용	처리내용
요청제목: 화면이 변경되었나요? 안녕하십니까? 최근 본회의 '의사일정'을 입력완료하고 '위원회 의사일정'을 입력 중에 있습니다 (의회 최초 개원 시부터 현재까지). 어제 아침까지도 화면에 분명히 있었는데 오후에는 화변이 변경되었습니다(변경된 화면은 아주 불편하기 짝이 없습니다). '의회/의사일정관리/위원회 의사일정관리'에서 '위원회 의사일정관리' 조회화면이 새로 변경되어 검색기능을 통하여 찾을 수 있도록 변경되었는데 이것이 매우 불편하며, 검색기능도 지원되지 않습니다(제가 잘못 입력할 수도 있습니다. 결과적으로 불편하다는 이야기입니다). 예전처럼 입력된 회기가 화면에 보여주어 해당회기를 더블클릭하면 찾아갈 수 있도록 조치 바랍니다. 변경된 화면은 수정, 출력할 수도 없습니다. 아울러 바로 위 '전체 의사일정'란에 대하여 말씀드리면 제목을 '본회의 의사일정'으로 변경해야 하고(바로 아래 위원회 의사일정이 있으므로) '전체 의사일정'을 출력하여 살펴보면 '전체 의사일정(안)'으로 출력되는데 이를 '본회의 의사일정'으로 변경되어야 하고 서	접수자: 이화진 접수일: 2010-12-28 답변내용: 안녕하십니까? 의회업무 담당자 이화진입니다. 상기 요청 건은 전화로 안내를 드린 바와 같이 프로그램이 변경된 적은 없습니다. 기존에 보이던 자료가 보이지 않는 이유는 위원회 명칭 때문이었으며, 모두 입력하신 다음 위원회 명칭을 조정하시면 위원회 의사일정관리에서 조회가 되실 것입니다. 그리고 전체 의사일정의 출력물에는 [폐회여부]를 제외하고 비고란을 줄여 주요 활동 정보를 보다 넓게 확인하실 수 있도록 처리해 드리겠습니다. 저희 시스템에 대한 관심 늘 감사드립니다. 그럼 좋은 오후 보내십시오. 처리결과: 검토내용(2011-01-04) ○ 요청사항 　- 전체 의사일정의 출력물에는 [폐회여부]를 제외하고 비고란을 줄여 주요 활동 정보를 보다 넓게 확인할 수 있도록 개선요청. ○ 2011년 1월 6일 추가 요청사항 　- 전체 의사일정과 위원회 의사일정 출력물 정렬순서를 차수의 오름차순으로 정렬 처리 요청. 　- 출력물의 글자 포인트를 9포인트에

식 중 폐회여부는 무엇을 입력하여야 하는지 모르겠으며 이것은 불요하여 없애야 할 것이고 '비고'란이 필요 이상으로 너무 크며 '안건(주요활동란)'명이 제법 긴 경우를 감안하여 칸을 늘릴 필요가 있습니다.

감사합니다.

○ 검토의견
- 요청사항과 같이 전체 의사일정의 출력물에는 [폐회 여부]를 제외하고 비고란을 줄여 주요 활동 정보를 보다 넓게 확인할 수 있도록 출력물 개선처리 예정임.
- 전체 의사일정과 위원회 의사일정 출력물 정렬순서를 차수의 오름차순으로 정렬 처리예정임.
- 출력물의 글자 포인트를 9포인트에서 10포인트로 변경 처리예정임.
- 전체 의사일정 출력물 제목을 '본회의 의사일정'으로 변경 처리예정임.

○ 조치결과
- 요청사항과 같이 전체 의사일정의 출력물에는 [폐회 여부]를 제외하고 비고란을 줄여 주요 활동 정보를 보다 넓게 확인할 수 있도록 출력물 개선처리.
- 전체 의사일정과 위원회 의사일정 출력물 정렬순서를 차수의 오름차순으로 정렬 처리.
- 출력물의 글자 포인트를 9포인트에서 10포인트로 변경 처리.
- 전체 의사일정 출력물 제목을 '본회의 의사일정'으로 변경 처리.
- 집회요구관리 등록을 위해 회기 조회를 할 경우 2011년이 기본으로 선택처리되도록 기능개선처리.

서 10포인트로 변경요청.
- 전체 의사일정 출력물 제목을 '본회의 의사일정'으로 변경요청.

요청내용	처리내용
요청제목: 의회관련 시스템 기능개선을 건의합니다. 이화진 선생님, 새해 복 많이 받으세요. 제례하옵고 '의회/의사일정관리/전체의사일정관리' 화면에서 현재의 시스템은 기록물입력과 보관관리에는 어려움이 없이 잘 만들어져 있습니다. 그러나 이를 출력하여 사용(의원에게 제공, 책자 제작 등)할 경우에는 부적합한 부분이 다소 있어 이를 개선하고자 제안드립니다. '전체 의사일정(안)'을 출력하여 살펴보면 (별첨 참조), 다음과 같이 개선하여 주실 것을 건의 드리며, 최대한 반영하여 주실 것을 당부 드립니다. 1. 출력물의 '상, 하, 좌, 우' 여백이 있도록 조치바랍니다. – 별첨의 출력물을 보시면 짐작하시겠지만 전체의 모양이 위쪽으로 치우쳐 있으며, 좌우여백이 너무 없습니다. 2. '차수'를 내림차순으로 정렬, 출력될 수 있도록 조치바랍니다. – 첨부된 출력물을 살펴보면, 위로부터 2, 1의 순으로 기록정렬된 것을 1, 2의 순으로 정렬 출력될 수 있도록 조치 바랍니다. 위원회 의사일정도 마찬가지입니다. 3. 출력된 박스 안의 내용 중 '폐회 여부'를 없애주시고 '비고'란과 '회의장소'란	접수자: 이화진 접수일: 2011-01-07 답변내용: 안녕하십니까? 의회업무 담당자 이화진입니다. 상기 요청 건에 대해서는 전화로 안내를 드린 바와 같이 출력 시 여백은 현재 상하좌우 반영이 되어 있으며 프린터 설정에 따라 조금 상이하게 출력되는 것 같습니다. 기능 반영 후 테스트했을 때 그리고 현재 저희들이 출력할 경우에는 여백이 정상적으로 반영이 되어 나오고 있습니다. 따라서 안내드린 바와 같이 출력 화면에서 출력 설정을 프린터 설정대로, 또는 확대/축소가능 선택 후 출력 테스트를 부탁드립니다. 나머지 요청하신 건에 대해서는 지난 12월 28일에 요청하신 내용과 거의 같으며, 현재 12월 28일자에 요청하신 내용으로 기능개선 처리가 진행 중인 상황이므로 해당 요청 건은 처리 완료로 하겠습니다. 상기 요청 내용의 반영은 현재 차주에 시스템 반영 예정이며, 늦어도 그 다음 주 수요일(12일)부터는 확인 처리가 가능하도록 개선하겠습니다. 조금만 기다려 주시면 감사하겠습니다. 그럼 새해 복 많이 받으시고 좋은 오후 보내십시오.

을 서로 바꾸어 주시기 바랍니다.

– '폐회 여부'란은 불요하니 없애 주시
기 바라며, '비고'란과 '회의장소'란을
서로 바꾸어 주시기 바랍니다. 또한 비
고란과 회의장소란을 최대한 줄여주시
기 바랍니다.

4. 박스 내 '주요 활동'란을 늘려 주시기
바랍니다.

– 안건의 경우 제목이 긴 경우가 많이
있습니다. 가급적 한 줄로 표현될 수
있도록 하기 위함이며, 이를 위하여
'비고'란과 '회의장소'란을 최소한으로
하여주시기 바랍니다. 아울러, '주요
활동'이라는 표현보다는 '의사일정'으
로 표현되도록 하여주시기 바랍니다.

5. 상단의 제목 '전체 의사일정(안)'을 '본
회의 의사일정'으로 변경하여 주시기 바
랍니다.

– 우리가 인식하기에 '전체 의사일정'
은 본회의 및 상임위원회, 특별위원회
를 모두 포함하여 지칭하는 것으로 인
식되고 있습니다. 그러나 시스템의 내
용으로 보아 바로 아래 '위원회 의사
일정'이 별도로 있으므로 이를 '본회
의 의사일정'으로 변경하여주시기 바
랍니다. 특히, '(안)'은 없애 주시기 바
랍니다. 일반적으로 '(안)'으로 표현되
는 경우는 의사결정 이전의 내용을 표
현하는 것으로, 본 건과 같이 이미 결
정 진행되었으며 과거의 것을 기록하
는 데는 '(안)'이라는 표현은 적절치 않
습니다.

이화진 선생님, 20년의 역사를 기록하고 있습니다. 이는 귀 부서 등에서 개발하신 본 시스템을 적극적으로 그리고 적절히 이용하여야만 가능한 일입니다.

도움을 주셔서 진심으로 감사드립니다.
늘 건강하시고 새해 복 많이 받으십시오.

첨부파일   의사일정

요청내용	처리내용

요청제목:
'의회' 기능개선을 건의 드립니다.
 	
'의회/행정사무감사관리/행정사무감사결과관리/시청처리사항관리'에서 지방의회는 연 1회 마지막 회기에 기간을 정하여 '행정사무감사'를 실시하고 있으며, 행정사무조사의 기간과 대상사무를 정하여 실시하고 있고 본 새올시스템은 매우 정밀하게 입력토록 되어 있는 부분이 오히려 현재나 과거의 기록을 입력하기에는 어려움이 많이 있음. 즉 사용(입력)하기보다는 포기할 가능성이 있음. 따라서 다음과 같이 시스템을 재구성하여 편리함과 사용기능을 활성화토록 유도할 필요가 있어 건의 드림. 참고로 현 시스템의 화면과 지방의회에서 사용되고 있는 화면을 올리니 참고하시기 바람.
 	
1. '시정처리사항관리' 입력 시 문제점 있음.
  → '시정요구일자'를 '감사(조사)기간'이 입력될 수 있도록 조치 바람. 감사기간이 자동으로 표현되면 더 좋겠음. 언제 시정을 요구하였는지를 찾아내기보다는 입력자체를 포기할 가능성이 있음.
 	
2. '시정제목'을 '시정요구내용'으로 변경하고 칸을 대폭 늘려 주실 것.
  → 별첨의 화면을 참고하시면 짐작하시겠지만 시정요구내용이 다소 긴 경우가 대부분으로 이를 제목으로 표현하여 입력하는 데는 어려움이 있음.
	접수자: 이화진
	접수일: 2011-01-14
	답변내용:
	
	안녕하십니까? 의회업무 담당자 이화진입니다.
	
	상기 요청 건은 전화로 안내를 드린바와 같이 행정사무감사는 현재 전면적인 개편 작업을 할 예정에 있습니다. 이는 상반기 중에 진행될 예정이므로 업무에 참고를 부탁드립니다.
	늘 새올행정시스템에 대한 지대한 관심에 감사를 드립니다.
	
	감사합니다. 그럼 좋은 오후 보내십시오.

3. '입력화면의 재배치'를 요청함.

→ 시정요구 내용과 그에 따른 처리결
과를 입력해야 하므로 현재의 화면은
부적절함. 즉, 좌측에는 시정요구내용
을 입력하고 우측에는 처리결과를 입
력할 수 있도록 화면을 재조정하여
입력할 수 있도록 재배치를 희망함–
지방의회에서 발간하는 책자의 화면
을 참고하시기 바람.

4. 입력내용이 '출력'될 수 있도록 시스템
을 조치 바람.

→ 현재는 자료를 입력하는 것으로의 역
할만 하고 있음. 출력하여 수정하고
사용할 수 있도록 각 화면에 입력 자
료를 출력될 수 있도록 조치 바람.

5. '시정처리사항관리' 바로 밑에 '건의사
항관리' 화면이 별도로 있는데 이를 '시
정처리사항관리'에 모두 입력토록 '건의
사항관리'란을 없애 주실 것.

→ 시정을 요구하는 내용과 건의하는 내
용은 어찌 보면 다 같은 내용이며, 건
의사항을 별도로 관리하고 있지 않기
에 의원들에게 있어 '건의'한다고 하
는 단어는 중앙부처 등에 법률개정
등을 요구하는 것을 건의로 이해하고
있음. 그리하여 집행부에게 요구(건의)
하는 것을 '시정요구', '지시'로 생각하
고 있으며, 집행부도 마찬가지로 생각
하고 있음.

첨부물 참조
첨부파일 감사결과 책자

요청내용	처리내용
요청제목: '의회/의안관리' 기능 개선 건의드립니다. '의회/의안관리'에서 우선, 일전에 기능개선에 대하여 건의드린 내용을 충실하게 반영해 주시어 대단히 감사하다는 말씀을 먼저 드립니다. 1. '의안처리부'의 출력물 2번째 페이지부터 상단의 여백이 있도록 조치. → 의안처리부의 첫 번째 페이지는 제목인 의안처리부의 인쇄로 인하여 상단의 여백이 .있으나 두 번째 페이지부터는 상단의 제목이 없는 이유로 여백이 너무 없기에. 2. '의안처리부'의 인쇄 출력물은 상하좌우의 여백이 있도록 조치요망. → 본 새올시스템(의회 편)의 모든 인쇄시스템에 대하여 잠시 언급드리면, 어느 사무실이나 레이저프린터를 사용하고 있으며 대부분 A4용지를 사용하고 있음. 이는 '한글2005'를 이용하여 문서를 편집하여 출력 이용되고 있는 실정임을 감안하고 사무실 모든 직원이 공동으로 사용하는 환경임을 감안한다면, 본 새올의 의회관련 각종자료의 출력물 역시 그 프린터에 포인트를 맞추어야 할 것으로 인쇄물(출력물)을 살펴보면 상하좌우 여백이 없어 너무 빡빡함을 알 수 있음. 즉 사무실 내 프린터는 본 시스템의 결과물만을 인쇄하기 위하여 있다는 것은 아니	접수자: 이화진 접수일: 2011-02-09 답변내용: 안녕하십니까? 의회업무 담당자 이화진입니다. 상기 요청 건에 대해 안내를 드리자면, 본회의(상정의결)란은 본회의 처리정보에 대한 합계 개념으로 보시면 되며, 본회의(미결)란은 의안 접수시점 이후로 의안이 종결되지 않은 모든 건을 포함하고 있습니다. 또한 본회의(미상정종결) 건은 본회의 의결처리로 폐기, 철회된 건이 아닌 접수 후 상정 전 임기만료 폐기 또는 접수상태에서 제안자가 철회한 건에 대한 통계를 보여드리는 것으로 해당 내용은 타 지자체에서 추가 요청한 사항이므로 삭제가 불가능합니다. 이 점은 양해를 부탁드립니다. 따라서 기본적으로 [접수건수 = 제안자건수 = (본회의(상정의결) + 본회의(미결건) + 본회의(미상정종결))]의 등식 성립으로 보시면 됩니다. 그 외 출력 부분을 비롯한 다른 의견은 조금 더 검토 후에 안내를 드리겠습니다. 바로 답변을 해 드리지 못해 죄송한 말씀을 드리며 다시 한 번 더 양해를 부탁드립니다. 감사합니다. 그럼 좋은 오후 보내십시오. 1번과 2번 요청 건에 대해서 다시 안내를

라는 의견임. 일전에 통화 시에 프린터를 조정하면 가능하다고 하시나 인쇄 시마다 프린터를 조정할 수는 없는 실정이며, 인쇄 명령의 화면을 이용하면 가능하시다는 말씀도 있었으나 자세히 살펴보면 이 또한 현실과는 부합하지 아니하며 별 소용이 없도록 설계되어 있음.

결론적으로 말씀드리면, 인쇄시스템의 특별한 고려사항 없이 출력버튼을 누르면 상하좌우 여백이 적당한 상태로 출력되기를 희망함.

3. 의안처리의 집계표인 '의안처리현황'을 살펴보면 개선되어야 할 부분이 있음. 즉 '접수 건수'와 '제안자 건수'와 '처리 건수'가 모두 일치하여야 하는데 전제를 놓고 볼 때, 어떤 안건이 의회에서 처리된 상황을 볼 때 당해 안건이 위원회 심사과정에서 '부결(또는 폐기)'되어 본회의에서 의결되지 않는 한 당해 안건은 부결된 것으로 최종처리 되어야 할 것이며, '철회' 또한 마찬가지임. 즉 본회의 '미상정 종결(철회, 폐기)'로 자세히 구분할 필요가 없다는 말씀임. 본회의나 위원회에서나 당해 안건은 '철회 처리' 또는 '폐기 처리'가 된 것이 분명하다는 말씀임.

또한 '회의(미결)'란에 기록된 부분은 위원회에서 처리된 부분을 표기하고 있는 바 또한 마찬가지로 부결이든 폐기 등 처리되어 종결된 것은 분명함.

또한 '본회의(상정의결)'란이 존재하는 바, 본

드리겠습니다.

상기 요청 건은 [2010-12-22 서비스요청 건]을 근거로 하여 기능개선 중인 내역에 포함하여 차주(3월 8일) 기능 반영 예정입니다. 따라서 3월 9일부터 확인 가능하오니 업무에 참고를 부탁드립니다.

감사합니다. 그럼 좋은 오후 보내십시오.

란이 존재함으로써 집계표를 읽는데 오히려 혼란을 주고 있음.

그렇다면,
최종적으로 '의안처리현황'의 집계표에는
→ 본회의(상정의결)란을 없애 주시고
→ 본회의(미결)란에 기록된 내용을 바로 위 처리(폐기, 철회)란으로 옮겨 기록되어야 하고, 본란을 없애 주시고
→ 본회의(미상정종결) 철회, 폐기란에 기록된 내용을 바로 위 처리(폐기, 철회)란으로 옮겨 기록되어야 하고, 본란을 없애 주시고,
또한 '심사보류'와 '계류'의 란이 존재하는 바, 이는 과거의 '의안처리현황표'에는 필요 없는 란이며, 현재의 '의안처리현황'란 에만 필요할 것이며 어찌 보면 '심사보류' 나 '계류' 또는 '미료' 등의 단어는 모두 같은 뜻으로 이해되고 있음.
→ 그렇다면 심사보류 그리고 계류의 란 중 계류란은 살리고 심사보류란은 없애 주실 것.

또 다른 의견은 '상정여부상정(위원회→본회의), 상정(위원회), 부결폐기, 미상정종결, 철회폐기' 위 표와 같이 생각해 볼 수도 있으며, 상정여부의 합은 전체 건수와 같아야 함.

일전에 본 건에 대하여 기능개선을 건의 드린 내용과는 상이한 부분이 있으며 죄송하다는 말씀을 드리며 반영하여 주실 것을 건의 드립니다.
감사합니다.

요청내용	처리내용
요청제목: 제5대 의안번호 재작업요청 이화진 선생님 안녕하세요? 요즘 날씨가 너무 좋으니 기분 또한 덩달아 좋아집니다. 또한 이화진 선생님의 적극적인 협조와 배려 덕분에 제가 추진하고자 하는 의회관련 작업도 순조롭게 잘 진행되고 있습니다. 이번에 부탁드리는 사항은 너무 죄송스럽고 미안한 일을 부탁드리게 되서 정말 송구스럽습니다. 다름이 아니고 의안 입력 작업을 지난 5대부터 입력을 처음 하였습니다. 그러다 보니 의안번호를 그대로 입력하였지요. 그러나 지방의회가 5대만 있는 것이 아니고 제1대부터 현재인 제6대 그리고 앞으로도 계속될 임기가 진행 중이지요. 제1대부터 제4대까지 그리고 현재 진행 중인 제6대의 의안번호 입력은 제1대의 경우 '1-135'처럼 앞에 임기인 대수를 입력하였고 제2대, 제3대, 제4대 그리고 제6대 역시 이런 식으로 임기표기를 하였습니다만. 유독 제5대 임기의 의안만 처음 작업한 관계로 의안번호 앞에 대수를 표기하지 아니하여, 일관된 작업의 형태가 아니게 되	접수자: 이화진 접수일: 2011-02-21 답변내용: 안녕하십니까? 의회업무 담당자 이화진입니다. 상기 요청건은 등록하신 정보를 확인 후 다시 안내를 드리겠습니다. 다만, 양해를 부탁드리는 것은 금일 중 제가 처리해야 할 일들이 있어 해당 요청건의 처리가 불가능할 것 같습니다. 내일 확인 후에 다시 안내를 드리겠습니다. 조금만 기다려 주시면 감사하겠습니다. 그럼 좋은 오후 보내십시오. 안녕하십니까? 의회업무 담당자 이화진입니다. 상기 요청건은 처리가 완료되었으니 확인을 부탁드립니다. 만약 확인하신 후 이상이 있을 경우 연락을 부탁드립니다. 감사합니다. 그럼 좋은 오후 보내십시오.

었습니다. 지금에 와서 너무도 아쉽고 후회스러운 부분입니다. 그리고 이것은 순전히 저의 불찰이기도 합니다.

이화진 선생님!
정말 무리하고 염치없는 부탁이지만 이미 입력한 제5대 의안번호 앞에 '5-'를 표기 작업 해 주실 수는 없는지요? 건수도 많고 시간도 많이 걸릴 수 있는 작업이라 죄송스럽기 그지없지만 부탁드립니다.

선처해 주시면 정말 고맙겠습니다.

첨부파일

요청내용	처리내용
요청제목: '의안관리' 부분에 이상한 부분이 있습니다. 안녕하십니까? 5, 6대 의안관리 작업 중 다음과 같은 사항이 발생하여 문의 및 처리를 부탁드리오니 조치하여 주시기 바랍니다.(*이 부분은 제가 잘못 이해하고 있을 수도 있으니 지도하여 주시기 바랍니다.) → 모든 의안의 접수단계 → 의안 접수 → 의안 폐기(위원회에 또는 본회의에 미상정 폐기 의안) → 위원회에서 심사 → 검토 및 심사내용 기재 → 위원회에서 의결(심사)내용 기재 → 본회의 의결 → 본회의에서 의결내용 기재(의결되면 자동으로 아래로 이동) → 본회의에서 의결(재의)된 부분 중 공포가 필요한 부분 표출 질문입니다. 위 적색의 밑줄이 있는 부분에 대하여 이해할 수 없는 부분이 있습니다. 의안이 접수되면 이를 본회의에서 바로 처리해야 할 의안과 의안이 접수되면 이를 위원회 심사와 의결을 거친 의안이 바로 이곳에 모아져 본회의에서 의결(입력)을 마치면 조례안을 제외한 나머지 결의안이	접수자: 이화진 접수일: 2011-03-03 답변내용: 안녕하십니까? 의회업무 담당자 이화진입니다. 늘 꼼꼼한 질문서를 작성해 이해에 도움이 많이 되도록 해 주셔서 감사합니다. 상기 첨부해 주신 문의건에 대해서 안내를 드리자면, 첨부해 주신 5~6대 의안을 확인해 보니 현재 말씀하신 바와 같이 [의안의결관리]까지 처리가 되어 있습니다. 보통 조례안을 제외한 안건들은 [의안의결관리] 메뉴에서 등록을 완료하면 종결되도록 처리가 되어 있으나, 조례안의 경우에는 [의안의결관리] 메뉴 하단에 있는 [재의요구 및 공포관리] 단계까지 입력을 하셔야 종결이 됩니다. 물론 재의요구일 경우에는 [의안의결관리] 메뉴에서 재의결 내용을 다시 입력하도록 처리가 되어 있습니다. 때문에 조례안은 [재의요구 및 공포관리] 단계에서 공포처리 입력을 완료하지 않을 경우 [의안의결관리] 목록에서 종결되지 않은 것으로 남아 있게 되며(이때 의안의결관리 메뉴에서 정보 수정. 삭제 가능합니다), [재의요구 및 공포관리] 단계에서 공포처리 입력을 완료하시면 [의안의결관리] 목록에서 제외되어 최종 종결처리가 됩니다. 이는 위원회의결정보가 있을 경우 [위원

나 승인안 등은 아래의 '의안상세조회' 등으로 바로 넘어가고, 오직 공포가 필요한 조례안이 '재의요구 및 공포관리'란에 보여져, 공포(재의) 내용 등을 입력하면 모든 작업과정이 마치도록 되어 있는 바,

별첨의 5대, 6대 의안은 위 적색의 '의안의결관리' 과정을 마쳤음에도 불구하고 아직도 이곳에 표출되고 있는데 이것이 매우 이상합니다.

확인하시고 궁금하시면 전화주시기 바랍니다.

첨부파일　안녕하십니까?.hwp
　　　　　5-6대 의안.xls

회의결관리]에서 입력하지 않으면, [위원회심사관리] 단계에서 리스트가 없어지지 않는 것과 같은 것입니다.

충분한 설명이 되었는지 모르겠습니다.
더 궁금하신 사항이 있으시면 서비스요청을 주시거나, 02-2013-1730으로 연락을 부탁드립니다.
감사합니다. 그럼 좋은 오후 보내십시오.

요청내용	처리내용
요청제목: 의원 사진 올리는 것과 관련 이화진 선생님 오전에 올린 내용을 즉시 처리하여 주시어 대단히 감사드립니다. 제가 너무 귀찮게 해드려 송구스럽습니다. 그래도 본 새올시스템 덕분에 과거의 자료를 모두 정리할 기회를 갖게 되어 매우 뜻 깊게 생각합니다. 물론 품은 매우 들지만…… 이번에 또 궁금한 사항은 작년에 본 작업을 시작하면서 의원의 인적사항 입력 시 분명히 의원사진을 붙였는데(제6대만) 오늘 열어보니 모두 없어져 버렸습니다. 어찌된 영문인지요?(jpg 파일로 작업함.) 이 기회에 초대 의회부터 현재까지 의원의 사진을 모두 다 입력시킬 참인데 이참에 의원사진 입력 방법이나 입력 작업과 관련한 여러 가지를 소상히 지도해 주시기 바랍니다. 급한 것은 아니오며 즐거운 주말 보내시기 바랍니다. 감사합니다. 첨부파일	접수자: 이화진 접수일: 2011-03-04 답변내용 안녕하십니까? 의회업무 담당자 이화진입니다. 상기 요청 건에 대해서는 다음 주 월요일 오전에 연락을 위해 안내드리도록 하겠습니다. 감사합니다. 그럼 좋은 주말 보내십시오. 안녕하십니까? 상기 문의 건에 대해서는 전화로 안내를 드린 바와 같이 의원관리 목록에서 사진을 첨부하실 의원님을 선택하신 다음 더블클릭을 하시면 상세조회 화면으로 이동합니다. 상세조회 하단의 수정버튼을 클릭하신 다음 첨부파일을 수정하시고, 최종 저장 버튼을 눌러 주시면 됩니다. 만약 상기와 같이 처리를 하였음에도 불구하고, 이상이 있으시다면, 연락을 부탁드립니다. 감사합니다. 그럼 좋은 오후 보내십시오.

요청내용	처리내용
요청제목: 의안(처리결과) 수정 요청합니다. 안녕하십니까? 일전에 건의 드린 '의안처리부'의 기능을 개선하여 주시어 대단히 고맙습니다. 그리고 수고 많이 하셨습니다. 개선된 기능을 살펴보니 만족스럽지만 다소 아쉬운 부분도 있습니다. 그것은, 비고란에 '기타'로 처리된 경우 ( ) 속에 사유를 기재하였습니다만 기재한 사유를 다 소화하지 못해 아쉽습니다. 출력물을 보니 '기타사유', 또는 '위원회 기타 사유'로 표현되어 내용을 잡아먹고 있으니 '기타사유'나 '위원회 기타사유'가 표현되지 않도록 조치하면 좋겠습니다. '폐기'나 '철회'는 해당 없습니다. 또 한 가지 요청드리는 사항이 있습니다. 별첨의 '의안처리결과'를 수정하여 주시면 대단히 고맙겠습니다. 제1대 의안과 제5대 의안입니다. 의안종류나 처리결과는 의정활동의 핵심이나 단순하지 아니하여 매우 어려운 부분이기도 합니다. 선처를 부탁드립니다. 감사합니다. 첨부파일　처리결과 변경.xls	접수자: 이화진 접수일: 2011-03-15 답변내용: 안녕하십니까? 의회업무 담당자 이화진입니다. 상기 요청 건은 확인 검토 후 다시 안내를 드리겠습니다. 그리고 요청하신 첨부파일 처리는 늦어도 내일 중으로 처리를 해 드리겠습니다. 감사합니다. 그럼 좋은 오후 보내십시오. 요청하신 첨부파일(처리결과변경) 처리는 완료되었으니 확인을 부탁드립니다. 그럼 좋은 하루 보내십시오. 상기 요청하신 내용을 검토해 본 결과를 안내드리겠습니다. 기타사유에 대해 비고란에 보여드릴 때 위원회나 본회의 의결정보에 기타사유가 한 건인 경우에는 그냥 사유만 표시하더라도 문제가 되지 않으나, 모두 기타로 의결을 할 경우 위원회, 본회의 중 어떤 의결에 대한 사유인지 구분하기가 어렵고, 또한 타 시군구에서 확인하시는 것 역시 어려움이 있습니다. 때문에 비고란에 위원회나 본회의 중 기타 사유가 하나만 있을 경우에는 그냥 [기타사유()]로 표기를, 둘 다 기타일 경우에는 [위원회 기타사유(), 본회의 기타사유()]로 구분하여 표기를 한 것입니다. 따라서 해당 구분 처리는 변경을 해 드릴

수가 없음에 대해 양해를 부탁드립니다. 단, 내용이 길어 내용이 잘리는 일이 없도록 조치를 할 예정이며, 금주 금요일부터 시스템에 반영될 예정이니 업무에 참고를 부탁드립니다.

감사합니다. 그럼 좋은 오후 보내십시오.

처리결과: 검토내용(2011-03-21)
○ 요청사항
　－ 의안대장 조회 시 비고란에 기타사유에 대해 표기를 할 때 [위원회] 또는 [본회의]로 구분하여 표기하는 것을 그냥 사유내용만 표기되도록 기능개선 요청함.

○ 검토의견
　－ 강동구의 기능개선 요청으로 인해 현재 기타사유를 비고란에 표기하고 있으며, 위원회나 본회의 의결정보 중 기타로 의결한 건이 이 중 하나인 경우에는 [기타사유(000)]로 표기를, 위원회와 본회의 모두 의결정보가 기타일 경우에는 [위원회 기타사유(000)], [본회의 기타사유(000)]로 표기하고 있음.
　－ 서비스 요청하신 강동구의 경우에는 비고란에 사유만 보이더라도 그 보이는 정보가 어떤 것인지에 대해 파악이 가능할 것이나, 이에 대해 사유내용만 보여줄 시 비고란에 표시되는 정보가 어떤 정보인지가 불분명하며, 특히 위원회와 본회의 모두 기타의결인 경우 더더욱 그 구분이 모호해져

타 지자체에서는 혼돈의 우려가 있음.
– 따라서 요청하신 것처럼 구분표시를 제외하는 것은 불가하며, 대신 내용이 길어져 한 셀에 모두 표기될 수 없는 정보를 모두 표기할 수 있도록 기능개선 예정임.

○ 조치결과
– 의안대장 조회 시 비고란의 내용이 길어져 한 셀에 모두 표기될 수 없는 정보를 모두 표기할 수 있도록 기능개선 처리.

요청내용	처리내용
요청제목: 재의 요구된 안건의 처리상황의 기능개선을 건의 드립니다. 이화진 선생님 재의 요구된 안건의 처리방법 등에 대한 기능 개선을 건의 드리오니 첨부물을 검토해 주시기 바랍니다. 즐거운 주말되시길 바랍니다. 늘 감사합니다. 첨부파일 재의 요구된 안건.hwp 재의 요구된 안건에 대하여 드릴 말씀이 있습니다. 의결을 요구하는 '안A'가 본회의에서 최종 가결되어 집행부에 이송하면 집행부(구청)에서는 여러 가지 이유로 재의를 요구하는 경우가 가끔 있습니다. 처리순서를 말씀드리면 ① 집행기관(구청장) 안건제출→② 상임위심사→③ 본회의 의결→④ 집행부 이송→⑤ 집행부(구청장) 재의요구→⑥ 본회의에서 재의결→⑦ 집행부로 이송→⑧ 집행부 공포 이와 관련하여 새올시스템에 입력시키는 문제와 관련하여 말씀드리며, 개선을 건의합니다. 먼저 궁금한 내용과 질문을 그리고 개선을 건의하는 내용을 말씀드리겠습니다.	접수자: 이화진 접수일: 2011-03-21 답변내용: 안녕하십니까? 의회업무 담당자 이화진입니다. 상기 문의건에 대해 안내를 드리자면, 재의요구가 된 조례안의 경우 말씀하신 절차대로 저희 시스템에서 처리를 하실 수 있도록 되어 있습니다. 만약 [A의안]이 본회의에서 의결이 되어 집행부로 통보를 하셨을 때 집행부에서 재의요구를 했다면, 재의요구 및 공포관리 메뉴에서 [A의안]에 대해 처리 분류를 [재의]로 선택하신 다음 재의일자는 [처리일]에 입력을 하시고, 재의요구유형과 요구사유를 입력하시면 됩니다. 그렇게 재의요구 정보를 입력하시고 나면 [A의안]이 종결되는 것이 아니라 의안의결관리 메뉴에 [A의안]에 대해 처리상태가 [본회의상정(재의)]으로 다시 보입니다. 그럼 [A의안]에 대한 본회의 재의결 결과를 입력하시면 되며, 재의결된 [A의안]에 대해 공포가 된 경우에는 재의요구 및 공포관리 메뉴에서 공포정보 입력을 하시면 되며, 처리일에 공포일을 입력하시고, 집행부에서 공포한 번호를 입력하시면 됩니다. 그렇게 재의결된 의안은 처리가 완료됩니다. 재의요구에 대한 [관련문서의 근거]는 재의처리를 통해 의안의결관리에서 다시 재의결 정보를 입력하실 때 첨부파일 등으

① [처리일]은 최초 '안A'의 처리일인가요? 본회의에서 '재의처리'한 처리일인가요?
② [재의및공포번호]는 재의처리 후 집행부로 이송하여 집행부에서 공포한 번호인가요?

→ 집행부에서는 '안A'를 재의 요구할 때는 '재의 요구한 날짜'와 '관련문서의 근거'가 있는데 이곳 시스템에는 그러한 내용을 기록할 수 있는 부분이 없습니다.

→ 또한 찬성되면 '안A'가 확정되어 집행부에서는 공포하여야 할 것이고 부결되면 '안A'는 부결로 처리하면 되지요.

→ 따라서 부결되면 '공포일'과 '공포번호'도 필요 없습니다. 다만 '부결'되었다고 통보는 해야 합니다.

→ 그렇다면 처리결과(가결, 부결)를 입력하는 곳이 필요합니다.

최종적으로 말씀드리면

ⓐ 위 서식에서 [재의]를 [재의요구]로, 재의요구일과 함께

ⓑ 관련 근거를 기록할 수 있는 곳 필요(출력물에는 비고란에 표현(예-총무13110-12345호 (2000.01.01)재의요구)되면 적당. 반드시 입력해야 하는 시스템이 아닌, 기록해도 그만 안 해도 그만인 것으로)

ⓒ 재의를 처리한 날짜 기록하는 곳.

ⓓ 가결이냐 부결이냐를 기록하는 곳(부결의 경우 아래 ①번과 ⑨번이 표현되지 않도록).

ⓔ 집행부(구청장)에 이송 날짜 기록하는 곳.

ⓕ 집행부에서 공포한 날짜 기록하는 곳.

ⓖ 공포한 안건의 공포번호 기록하는 곳.

로 등록을 하시면 되고, 본회의에서 부결일 경우에는 조례안이라고 하더라도 재의요구 및 공포관리 단계로 넘어가지 않고, 의안의결관리에서 부결정보를 입력하시는 것과 동시에 처리가 완료됩니다. 처리결과 가결, 부결 정보 역시 의안의결관리 메뉴에서 등록 가능하니 업무에 참고를 부탁드립니다.

충분한 답변이 되었는지 모르겠습니다.
더 궁금하신 사항이 있으실 경우에는 전화를 주시거나, 서비스 요청을 부탁드립니다.
감사합니다. 그럼 좋은 하루 보내십시오.

요청내용	처리내용
요청제목: '재의 요구안' 관련 기능개선을 요청 드립니다. 이 선생님 덕분에 의안정리 작업은 막바지에 다다르고 있습니다. 감사드립니다. 작업 중 '재의 요구안' 처리와 관련하여 몇 가지 기능 개선을 건의드리오니 첨부물을 검토하여 주시기 바랍니다. 감사합니다. 첨부파일 제의 관련.hwp 　　　　　재의안.xls 1. 기능개선 건의 사항(입력시스템) 　1-1. '본회의 의결정보' → '공포 및 재의정보'로 변경 　1-2. 위 박스내의 '처리일' → '재의요구일'로 변경 　1-3. '재의 및 공포번호'를 활성화 되지 않도록(즉, 입력할 수도, 안 할 수도 있도록) 공포번호는 재의결과 의결되면 다음에 넘긴 화면에 나오므로 − 차라리 '재의요구번호'로 변경하시면 어떨까요? 2. 기능 개선 건의사항(의안상세내역의 출력물) 　2-1. 재의일 → 재의요구일로 변경 　2-2. 본회의 의결정보(재의) 내의 ①, ②,③의 란은 불요함	접수자: 이화진 접수일: 2011-03-30 답변내용: 안녕하십니까? 의회업무 담당자 이화진입니다. 상기 요청건 중 의안접수단계로 변경 요청하신 건들은 처리가 완료되었습니다. 단, 기능개선 건에 대해서는 확인 검토 후 다시 안내를 드리겠습니다. 참고로 [2−34 1994년도 예비비 지출승인요구안]의 경우에 두 줄로 보인 이유는 재의요구 건이 아니라 의결정보가 2건이 존재하여 나타난 현상으로 이는 아마 삭제와 등록을 반복하는 과정에서 같은 의결정보가 남아 있었던 것이 아닌가 생각됩니다. 참고를 부탁드립니다. 감사합니다. 그럼 좋은 하루 보내십시오. 상기 기능 개선 요청건에 대한 검토 결과를 안내 드리겠습니다. 재의요구 및 공포관리 메뉴 등록 시 처리분류에 맞도록 [처리일]과 [재의 및 공포번호]의 명칭이 변경되도록 처리할 예정입니다. 그리고 재의요구일 경우에는 재의번호가 없을 경우 [재의요구번호 없이 등록할 것인지, 재의요구번호를 등록할 것인지]에 대해 묻는 알림창을 적용하여 선택적으로 입력하도록 처리할 예정입니다. 마지막으로 의안상세조회의 출력메뉴는 말씀하신대로 처리를 할 예정입니다. 해당 기능 반영은 늦어도 4월 말까지 처

3. 별첨의 액셀서식은 우리 구의회 재의사례인 바, 잘못 입력되어 수정할 부분이 있으니 일단 참고하시고 삭제하시어 전단계인 접수단계로 돌려주시기를 부탁드립니다.

리할 예정이므로 업무에 참고를 부탁드립니다.

감사합니다. 그럼 좋은 오후 보내십시오.

처리결과: 검토내용(2011-04-19)
ㅇ 요청사항
  1. 의안 재의요구 및 공포관리 메뉴에서 처리구분 재의/공포에 따라서 처리일 정보와 요구번호 정보가 별도로 확인되도록 개선 요청함.
    – 재의: 재의요구일, 재의번호.
    – 공포: 공포처리일, 공포번호.
  2. 재의요구일 경우 재의번호를 관리하지 않으므로 재의번호 없이도 등록 가능하도록 개선 요청함.
  3. 의안상세조회 출력에서 '재의일자'를 '재의요구일'로 변경하고, 본회의 재의한 건에 대해서 다시 재의하는 법이 없으니 본회의 재의정보에서는 재의요구 정보를 삭제해 주길 요청함.

ㅇ 검토의견
  1번과 3번은 요청하신 대로 반영처리할 예정임.
  2번은 재의요구번호가 없을 경우 알림창을 적용하여 요구번호 없이 등록 또는 요구번호 입력 후 등록으로 선택하여 등록할 수 있도록 기능개선 예정임.

ㅇ 조치결과
  1. 의안 재의요구 및 공포관리 메뉴에서 처리구분 [재의/공포]에 따라서 처리일 정보와 요구번호 정보가 별도

	로 확인되도록 개선 처리.
	
	    - 재의: 재의요구일, 재의번호.
	
	    - 공포: 공포처리일, 공포번호.
	
	2. 재의요구번호가 없을 경우 알림창을 적용하여 요구번호 없이 등록 또는 요구번호 입력 후 등록으로 선택하여 등록할 수 있도록 기능개선 처리.
	
	3. 의안상세조회 출력에서 '재의일자'를 '재의요구일'로 변경하고, 본회의 재의한 건에 대한 본회의 재의정보에서는 재의요구 정보 삭제처리.

요청내용	처리내용
요청제목: '의안처리현황(집계표)'의 기능 개선을 건의합니다. 지난 몇 달 동안 지방의회가 개원된 이래 현재까지 20여 년간의 자료를 모두 입력하였으며 입력과정에서 수많은 시행착오를 시스템관리부서의 이화진 선생님의 적극적인 협조와 배려 덕에 무사히 마쳐가고 있습니다. 다시 한 번 감사드립니다. 문제는 집계표인 '의안처리현황'의 수치가 난해하여 읽을 수가 없다는 것입니다. 무릇 '총괄표'에는 간단한 수치로 표현되며 누구나 쉽게 그리고 즉시 이해할 수 있어야 한다는 것이 기본적인 작성형태입니다. 물론 의안의 종류와 형태가 다양하고 상임위원회 처리와 본회의 처리 등 그 처리과정 또한 다양하니 결과물 또한 만만하지 않은 것은 자명한 일이기도 합니다. 대원칙은 '접수의 합계(A)'와 '제안자의 합계(B)' 그리고 '처리의 합계(C)'가 모두 일치해야 한다는 것입니다(A=B=C). 현재의 의안처리현황은 접수의 합계와 제안자의 합계가 일치하고 있습니다만, 처리의 합계와 일치하지 아니하여 큰 혼동을 주고 있음을 알 수 있습니다(A=B≠C).	접수자: 이화진 접수일: 2011-04-06 답변내용: 안녕하십니까? 의회업무 담당자 이화진입니다. 상기 요청내용은 확인 검토 후 다시 안내를 드리겠습니다. 바로 답변을 드리지 못해 죄송합니다. 그럼 좋은 오후 보내십시오. 상기 요청사항에 대한 검토의견을 안내드리겠습니다. 우선 답변이 늦어진 점 정말 죄송합니다. 쉽게 결정할 수 없는 사안을 요청하셔서 검토에 시간이 좀 걸렸습니다. 이점 양해를 부탁드립니다. 검토 결과는 선생님의 이해를 좀 더 도와드리고자, 강동구 2010년 의안 처리 결과를 바탕으로 하여 아래 첨부파일에 기술하였습니다. 확인을 부탁드립니다. 다시 한 번 더 답변이 늦어진 점에 대해 죄송한 말씀을 드립니다. 감사합니다. 그럼 좋은 하루 보내십시오. 첨부파일 최종 승인 대기 중입니다. 처리결과: 검토내용(2011-06-07) ㅇ 요청사항(의안처리현황 메뉴 개선 요청) 　1. [기타]도 의결의 한 종류이므로 처

먼저 살피건대

처리란 내의 '기타'로 의결되는 경우입니다. 이는 결의문 채택, 의견 채택, 단순 보고청취, 의견제시 심지어 위원회 재회부 등 다양한 형태의 것으로서 원안(또는 수정)의결이냐 부결이냐 이와는 다른 형태의 의결로서 이 또한 의결임에는 분명합니다. 그렇다면 의결란 안에 들어가 있어야 된다고 생각합니다.

다음

처리란 안에 '심사보류'와 '계류'란에 대해서 말씀드립니다. 지방의회에서는 두 용어보다는 '미료'라는 용어를 사용하고 있으며 이는 모두 같은 뜻으로 이해되고 있습니다. 또한 의안의 입력 작업 실무를 살펴볼 때 과거의 것을 입력하는 상황에서는 이 모든 용어는 적절치 않습니다. 따라서 '심사보류'란 하나만 남기고 '계류'란은 없애도 무방함을 말씀드립니다.

다음

처리란 안의 '철회'와 '폐기'의 란에 대하여 말씀드립니다. 우선 철회의 경우를 살펴보면 여러 가지 다양한 이유로 의안접수 단계에서의 철회, 위원회 상정단계에서의 철회, 본회의 상정단계에서의 철회 등 다양한 형태로 구분될 수 있으며 심지어 철회로 의결하기도 합니다. 시스템에서는 이 문제를 구분정리하는 것 같습니다. 즉 어떤 단계에서 철회되었느냐에 따라 구분되어 집계 되는 것 같습니다.

물론 세부 처리내역(위원회 등)에서는 구분정리할 필요가 있는 것은 분명하나 최소한 리란 내의 의결란에 포함하여 조회될 수 있도록 기능개선 요청.

2. "접수의 합계", "제안자의 합계", "처리의 합계"가 같을 수 있도록 처리 요청함.

3. 철회와 폐기를 본회의 상전 전과 후로 구분하지 말고 하나로 표기될 수 있도록 개선 요청함.

4. 본회의(상정의결), 본회의(미결), 본회의(미상정종결)를 의안처리현황에서 제외하거나, 뒷장에 표기되도록 처리 요청함.

5. 의안처리 구분에 심사보류와 계류는 같은 의미로 볼 수 있으므로 하나는 삭제해 주길 요청함.

○ 검토의견

1. 기타의결을 원안, 수정, 부결정보와 함께 의결란에 포함하여 조회될 수 있도록 처리 예정임.

2. 요청하신 수식은 모든 의안이 본회의에서 의결처리 되었을 때 부합하는 서식으로 반영이 불가능함. 의안처리현황은 진행 중인 의안처리 현황 정보도 필요하므로 [접수 = 제안자 = (처리+ 본회의(미결)+ 본회의(미상정종결))]의 형태로 현 정보가 유지되어야 함.

3. 본회의(미상정종결)를 폐기와 철회로 구분한 것은 타 지자체의 요청사항으로 타 지자체에서는 상정의결건과 미상정종결건에 대한 구분처리가 필요할 수도 있으므로 요청사항 반영 불가함.

4. 의안처리현황 메뉴는 의안의 전반

'총괄집계표'에는 결과물만 표시되어야 타당하다고 생각합니다. 즉 위원회 심사단계나 이전 이후는 중요하지 않다는 의견입니다. 즉 어떤 안건이 의회에 접수(발의)되어 최종 어떻게 처리되었느냐가 표기되어야 한다는 것이지요. 본회이던 위원회든 최종의 처리 상태는 '철회'이기 때문입니다.

다시 말씀드리면 처리란 안에 '철회'에는 철회된 안건의 숫자는 모두 기재되어야 한다는 의견입니다.

'폐기'의 경우 역시 말씀드린 '철회'와 같은 의견임을 말씀드립니다.

다음
'본회의(상정의결)'란은 상기에서 언급드린 원칙인 'A=B=C'를 인식하는데 혼동을 주고 있으니 없애시거나 별도(뒷장)에 표기되기를 희망합니다. – 현재는 총괄표이기 때문에.

다음
'본회의(미결)'란 역시 마치 본회의에서 처리를 하지 못한 것으로 인식될 수 있으며 대원칙인 'A=B=C'를 인식하는 데 혼동을 주고 있기 때문에 뒷장에 표기 또는 없애는 것이 바람직하다고 생각합니다.

다음
'본회의(미상정종결)'는 세부 메뉴인 철회와 폐기가 있음으로 이해할 수 있습니다만 본 총괄표에 기재하는 것은 적절치 않다고 생각되므로 뒷장에 별도 기재하거나 없애는 것이 타당하다는 의견입니다.

적인 처리 상황을 통계로 반영한 것으로, 자치단체마다 의안을 정리하는 서식이 상이하고, 한 장에 모든 것을 충족시킬 수 없어 해당 메뉴의 통계 자료를 근거로 하여 각 지자체에서 필요한 부분을 참고하여 사용하시도록 하기 위한 전반적인 통계 메뉴임. 따라서 모든 정보가 한 눈에 확인되는 것이 필요하므로 상기 요청건 반영 불가함.

5. 의안처리구분은 의안업무에 적용되는 처리 내용을 정의하여 반영한 것으로 비록 의미가 비슷하다고는 하나, 타 지자체에서 구분하여 적용 처리할 수도 있으므로 현재 삭제는 불가능함. 이는 시도의회 행정정보시스템도 마찬가지임.

○ 조치결과
– 기타의결을 원안, 수정, 부결정보와 함께 의결란에 포함하여 조회될 수 있도록 처리.

결론적으로

총괄 집계표인 '의안처리현황'에는 '나도 이해가 되고 너도 이해가 되고 모두가 쉽게 이해될 수 있도록'의 대원칙인 'A=B=C'의 형태를 갖춘 집계표가 되도록 기능개선을 건의 드립니다. 아울러 본회의에서 '상정의결' 또는 '미상정종결' 부분 등이 필요하다면 총괄표 뒷장에 별도의 통계표가 필요할 것입니다.

아울러, 지난 [요청번호 20110200593호 (2011.2.9)]로 기능개선을 요청 드린 바 있으나, 그 당시의 회답하시기를 [접수건수=제안자건수=(본회의(상정의결)+본회의(미결건)+본회의(미상정종결))]로 등식이 성립된다고 말씀하셨는데, 이 부분은 사실과 다르다는 것을 말씀드립니다.

감사합니다.
첨부파일

요청내용	처리내용
요청제목: 의안의 위원회회부와 관련 등 기능개선을 건의 드립니다. 안녕하십니까? 예산관련 몇 건을 빼곤 의안입력 작업을 모두 마쳤습니다. 이화진 선생님께 깊은 감사의 말씀을 드립니다. 작업을 거의(?) 마치면서 몇 가지 기능개선을 건의 드리오니 참고하시기 바랍니다. 1. 규칙안의 공포와 관련 　→ 집행부인 구청의 규칙은 해당 없으나 의회 자체의 각종 규칙은 공포일과 공포번호가 있음을 참고 바랍니다. 2. 의안번호의 표현 문제 　→ 대부분의 의안번호는 '임기-의안번호(예: 5-139)'로 표기가 되어 의안처리부의 출력물에는 순서대로 표현되고 있습니다. 　→ 그러나 드물게 '5-139-1'와 같이 세분된 의안번호가 부여되는 경우가 있는데 출력물에는 당해 임기의 맨 마지막에 표현되고 있는 바, 이 세분된 의안번호는 본 의안번호 바로 다음에 표현될 수 있도록 조치 요망 - 시스템에서 인식의 문제인 것 같음. 3. 재의건 처리와 관련 　→ 조례의 경우 재의 요구되면 시스템	접수내용 답변내용: 안녕하십니까? 새올의회업무담당자 이화진입니다. 상기 요청 건은 검토 확인 후 기능개선 여부에 대해서 다시 안내를 드리겠습니다. 바로 답변을 드리지 못하는 점 양해를 부탁드립니다. 감사합니다. 그럼 즐거운 오후 되십시오. 우선 답변이 늦어진 점 정말 죄송한 말씀을 드리며, 상기 검토사항에 대해 안내를 드리겠습니다. 1. 재의요구 및 공포관리 단계에서 규칙안에 대해서도 공포 처리가 가능하도록 개선할 예정입니다. 2. 요청하신 건의 경우 의안번호만으로는 원하시는 것처럼 정렬처리를 할 수가 없습니다. 이는 5-139-1과 같이 이중 '-'이 입력된 경우에는 정렬기준을 잡을 수 없기 때문입니다. 따라서 죄송하지만, 의안대장관리 메뉴에서 제안일자 순으로 검색을 하시면 가급적 비슷하게 정렬처리가 가능하므로 제안일자 순으로 검색을 부탁드립니다. 요청하신 사항을 반영해 드리지 못해 죄송합니다. 3. 재의요구 및 공포관리 단계에서 조례안 외의 안건에 대해서도 재의요구 처리가

에서는 다시 본회의에 회부되어 처리
토록 되어 있으나 조례가 아닌 안건
의 경우 재의 요구되면 조례처럼 본
회의에 회부되는 것이 아니고 바로
종결되도록 시스템이 구성되어 있음.
- 기능 개선이 요구되는 부분임.

4. 예산 및 결산의 접수 시 특별위원회 배
   부 시기 불일치.
   → '의안번호 4-09 2001회계연도 일반
     및 특별회계 세입세출결산서안'이 구
     청장으로부터 2002-07-03자로 제
     출되어 이를 (현 시스템대로라면 접수단계에
     서 관련위원회를 추가하도록) 예산결산특별
     위원회에 회부하여야 되는데 이때에
     는 예결특위가 구성되지 아니한 관계
     로 가지고 있다가 한참 뒤인 2002-
     09-04자로 예결특위가 구성되어 예
     결특위로 회부하게 됩니다.
   → 문제는 2002-07-03에는 예결특위
     가 없는 관계로 시스템상의 위원회를
     선택하는 팝업창에 예결특위가 없는
     관계로 특위위원회를 지정할 수가 없
     다는 것입니다.
   → 이와 같은 상태가 특위위원회를 지정
     할 수 있는 경우가 있고 일부 지정할
     수 없는 경우가 있으므로(?) 시스템의
     점검이 필요합니다. - 예결위의 경우
     폭넓은 기간(1년간의 예결특위 모두)을 주
     어 선택(팝업창)을 할 수 있도록 조치가
     필요해 보입니다.

- 이와 같은 이유로 작업을 마치지 못한
  안건이 있는데 다음과 같으며 연락 주시

가능하도록 개선할 예정입니다.

4. 현재 의안관리에서 검색을 하실 때 회
   기 정보를 넣지 마시고, 대수만 입력하
   신 다음 [소관위원회] 조회를 하시면 등
   록하신 모든 위원회를 검색하실 수 있
   습니다. 따라서 4번 요청하신 것과 같은
   건의 경우에는 의안접수등록을 하실 때
   대수만 입력하시고, 위원회 적용을 하신
   다음 회기를 등록하시길 부탁드리겠습
   니다.

번외, 말씀하신 의안입력 요령을 서비스요
청으로 자료를 올려 주시면 제가 확인한
다음 선생님께서 작성해 주신 건으로 새
올광장에 공지를 하도록 하겠습니다.
세심한 배려에 늘 감사드리며, 안내드린
기능개선은 최대한 빨리 일정을 잡아 진
행한 다음 새올광장을 통해 공지를 해 드
리도록 하겠습니다.

감사합니다. 그럼 좋은 하루 보내십시오.
첨부파일

처리결과: 검토내용(2011-07-12)
○ 요청내용
   1. 집행부인 구청의 규칙은 해당 없으
      나 의회 자체의 각종 규칙은 공포일
      과 공포번호가 있으므로 공포번호
      등록 가능하도록 개선요청.
   2. 5-139-1와 같이 간혹 표현되는 의
      안번호의 정렬처리가 해당 대수의 제
      일 마지막에 나오므로 정상적으로 되
      도록 처리요청.

기 바랍니다.

1-36 1992 자치구 세입세출예산안

3-268 2001 회계연도 제1회

4-09 2001 회계연도 일반 및

4-22 2002년도 제1회

5-112 2007 회계연도 제2회

정말 감사합니다.

그리고
이번 의안입력 작업을 마치면서 그동안 겪은 수많은 시행착오를 다른 지방의회의 입력담당자께서 저와 같이 겪지 않도록 의안 입력 하실 때 요령이랄까 하는 중요한 체크포인트 등 공유할 수 있는 문건을 만들고 있습니다.

선생님께서 허락하신다면 이를 알리고 싶은데 어찌해야 하나요?

첨부파일

3. 조례안 외의 의안에 대해서도 재의요구가 이루어지는 경우가 있으므로 재의처리 가능하도록 기능개선 요청.

4. 예결위의 경우 폭넓은 기간(1년간의 예결특위 모두)을 주어 선택(팝업창)을 할 수 있도록 개선 요청.

○ 검토의견

1. 재의요구 및 공포관리 단계에서 규칙안에 대해서도 공포 처리가 가능하도록 개선할 예정임.

2. 5-139-1과 같이 이중 '-'이 입력된 경우에는 정렬기준을 잡을 수 없기 때문에 기능변경 불가능함.
   단, 의안대장관리 메뉴에서 제안일자 순으로 검색을 하시면 가급적 비슷하게 정렬처리가 가능함.

3. 재의요구 및 공포관리 단계에서 조례안 외의 안건에 대해서도 재의요구 처리가 가능하도록 개선할 예정임.

4. 현재 의안관리에서 검색을 하실 때 회기 정보를 넣지 마시고, 대수만 입력하신 다음 [소관위원회] 조회를 하시면 등록하신 모든 위원회를 검색하실 수 있으므로 기능변경 필요 없음.

○ 조치결과

– 재의요구 및 공포관리 단계에서 규칙안에 대해서도 공포처리가 가능하도록 개선 처리.

– 재의요구 및 공포관리 단계에서 조례안 외의 안건에 대해서도 재의요구 처리가 가능하도록 개선처리.

요청내용	처리내용
요청제목: 출력이 가능토록 기능개선을 건의 드립니다.	접수자: 이화진 접수일: 2011-04-18 답변내용:
'의원/위원회관리' 메뉴의 출력버튼 추가를 요청합니다.	안녕하십니까? 의회업무 담당자 이화진입니다.
자료입력 후 수정작업 등을 위하여 검색결과를 출력하여 볼 수 있도록 출력버튼을 생성하여 주시기를 건의 드립니다.	상기 요청건은 확인 검토 후 다시 안내를 드리겠습니다. 바로 답변을 드리지 못해 죄송합니다. 그럼 좋은 오후 보내십시오.
① 의원/위원회관리 – 위원회위원관리 ② 의원/위원회관리 – 의원선출대수관리 ③ 의원/위원회관리 – 의원선출선거구 관리	상기 요청사항에 대한 검토사항을 안내드리겠습니다. 상기 요청하신 메뉴의 목록조회에서 검색하신 내용을 출력할 수 있도록 출력기능을 반영할 예정입니다. 이는 5월 중순까지 반영 예정이므로 업무에 참고를 부탁드립니다.
감사합니다. 첨부파일	감사합니다. 그럼 좋은 오후 보내십시오. 첨부파일
	처리결과: 검토내용(2011-04-26) ○ 요청사항 – 의원/위원회관리 업무의 하위메뉴 3개(위원회위원관리, 의원선출대수관리, 의원선출선거구관리)의 목록조회에서 검색내용에 대해 출력할 수 있도록 출력기능 반영 요청함. ○ 검토의견

	– 요청하신 3개 메뉴에는 검색 결과에 대한 출력 기능이 없어 요청하신대로 출력기능 반영 예정임. ○ 조치결과 – 의원/위원회관리 업무의 하위메뉴 3개(위원회위원관리, 의원선출대수관리, 의원선출선거구관리)의 목록조회에서 검색내용에 대해 출력할 수 있도록 출력기능 반영 처리.

요청내용	처리내용
요청제목: [의원/위원회관리]의 기능개선을 건의드 립니다. 안녕하십니까? [의원/위원회관리] 편의 기능개선을 다음 과 같이 건의드리오니 검토 후 처리하여 주시기 바랍니다. 1. 위원회정보 출력물의 글씨 크기가 너무 　작습니다. 10~11포인트로 상향 조치 　바랍니다. 2. 위원회 정보의 출력 시 그 출력물에 소 　속위원의 활동기간이 표현되면 좋겠습 　니다. 위원명 오른쪽에 '활동기간'의 란 　을 더 만들어 그곳에 표현되면 좋겠습 　니다. 감사합니다. 첨부파일	접수자: 이화진 접수일: 2011-04-19 답변내용: 안녕하십니까? 의회업무 담당자 이화진 입니다. 상기 요청 건은 검토 확인 후 다시 안내를 드리겠습니다. 감사합니다. 그럼 좋은 오후 보내십시오. 상기 요청 건에 대한 검토사항을 다시 안 내드리겠습니다. 상기 요청 건은 요청하신대로 반영할 예 정이며, 타 시군구의 요청사항(활동 중인 위원 우선정렬)까지 함께 반영하여 처리할 예정이 며, 이는 5월 초까지 반영할 예정에 있으 므로 업무에 참고를 부탁드립니다. 감사합니다. 그럼 좋은 오후 보내십시오. 첨부파일 처리결과: 검토내용(2011-04-25) ○ 요청사항 　－ 위원회관리 상세조회 출력정보 글자 　　포인트 조정 요청. 　－ 위원회관리 상세조회 출력 시 소속위 　　원의 활동기간 함께 표시 처리 요청. ○ 검토의견 　－ 글자 포인트 기존 8포인트에서 10포

	인트로 조정처리 예정. – 위원회관리 상세조회 출력 시 직책 과 소속위원명만 표시되고 있어 위원 의 현재 활동 여부를 파악할 수 없으 므로 활동기간 추가 예정임. – 소속위원 정보를 현재 활동하고 있 는 위원 우선 순서로 정렬 요청.(서 울 중랑구 요청건 함께 반영: 서비스요청번호 20110402364) ○ 조치결과 – 글자 포인트 기존 8포인트에서 10포 인트로 조정처리. – 위원회관리 상세조회 출력 시 활동 기간 추가 처리. – 소속위원 정보를 현재 활동하고 있 는 위원 우선 순서로 정렬처리.

요청내용	처리내용
요청제목: 의원/위원회관리의 기능개선을 건의 드립니다.	접수자: 이화진 접수일: 2011-06-03 답변내용:

요청내용

요청제목:
의원/위원회관리의 기능개선을 건의 드립니다.

안녕하십니까?

1. 기능개선 건의사항
   - [의원/위원회관리] - [의원선출대수관리]에는 제1대부터 현 제6대까지의 화면이 보이는데, 각 대수를 더블클릭하면 임기(대수)에 기록한 부분이 있는바, 이 부분이 출력될 수 있도록 시스템의 기능개선을 건의 드리며, 출력물의 활자가 10포인트가 되도록 조치하여 주시기 바랍니다.

2. 기 기능개선 요청부분의 후속조치 여부 (2건)
   - 요청번호: 20110400757
   - 요청일: 2011. 4. 7
   - 요청제목: 의안의 위원회 회부와 관련 등 기능개선을 건의 드립니다.

* 요청번호: 20110400520
* 요청일: 2011. 4. 6
* 요청제목: 의안의 처리현황(집계표)의 기능개선을 건의 드립니다.

3. 행정사무감사 관련 시스템의 기능을 개선하신다고 하셨는데
   - 언제쯤 완료하실 예정인지?

첨부파일

처리내용

접수자: 이화진
접수일: 2011-06-03
답변내용:

안녕하십니까? 의회업무 담당자입니다.
상기 문의건에 대해서 안내를 드리자면,

1. 요청건은 확인 검토 후 다시 안내를 드리겠습니다.
2. 현재 답변을 준비 중에 있으며, 늦어도 다음 주 목요일 전까지는 안내를 드리겠습니다. 몇 가지 당장 확인되지 않는 부분이 있어 현재 계속해서 확인 검토 중에 있습니다. 답변이 늦어진 점 정말 죄송합니다.
3. 행정사무감사는 금월 중 타시도의 일부 자치단체를 방문하여 선생님께서 기능개선 요청하신 사항과 작년 확정되었던 기능개선안을 근거로 하여 다시 의견수렴 예정에 있습니다. 따라서 7월 이후에나 개선내용과 일정을 확정하여 안내를 드릴 수 있을 것 같습니다.

감사합니다. 그럼 좋은 오후 보내십시오.

상기 요청 건에 대한 검토사항을 안내드리겠습니다.
1. 대수목록조회에서 출력을 하실 때 의원정수, 비고 입력 정보 등이 같이 출력될 수 있도록 조치할 예정입니다. 이는 차주 금요일(7월 29일) 전국 반영될 예정이므로 업무에 참고를 부탁드립니다.
2. 요청번호: 20110400757 답변을 완료하였으며, 반영 가능한 기능은 금주 금

요일(7월 22일)에 전국 반영될 예정입니다.
요청번호: 20110400520 답변을 완료
하였으며, 기타 의결을 원안, 수정, 부결
정보와 함께 의결란에 포함하여 조회될
수 있도록 처리하였습니다.

감사합니다. 그럼 좋은 오후 보내십시오.
첨부파일

처리결과: 검토내용(2011-07-19)
○ 요청내용
  1. 의원선출대수관리 출력 시 등록한
     정보들이 모두 출력될 수 있도록 기
     능개선 요청함.
  2. 요청번호: 20110400757와 요청번
     호: 20110400520에 대한 진행상황
     문의.
  3. 행정사무감사 기능개선진행 일정
     문의.

○ 검토의견
  1. 의원선출대수관리 목록에서 출력 시
     등록한 정보 모두 출력될 수 있도록
     기능개선 예정임.
  2. 요청번호: 20110400757와 요청번
     호: 20110400520 답변처리 완료하
     고, 기능개선 처리 완료함.
  3. 자치단체방문 결과를 취합하여 검토
     후 일정을 확정하여 진행할 예정임.

○ 조치결과
  – 의원선출대수관리 출력 시 등록한
    정보들이 모두 출력될 수 있도록 기
    능개선 처리.

요청내용	처리내용

요청제목:
'의안처리현황(집계표)' 개선의견
 	
안녕하십니까?
기다리던 '의안처리현황(집계표)'의 기능개선에 대한 답변을 주시어 감사드립니다. 많은 기간 동안 시스템 개선과 관련하여 고심하신 흔적을 곳곳에서 느낄 수 있어 송구한 마음이 듭니다.
 	
그러나 자세한 내용을 살펴보면 일치하지 아니한 부분이 있어 다시 기능 개선을 건의 드리니 반영하여 주시길 건의 드립니다.
 	
* 관련내용
– 요청일: 2011.4.6
– 요청번호: 20110400520
– 요청제목: 의안처리현황(집계표)의 기능 개선을 건의 드립니다.
 	
다음은 우리 구의회 제1대 일부 의안에 해당하는 부분을 발췌하였으나 전체적으로 이와 같은 시스템이 반영되고 있으므로 기능개선이 요구되는 부분입니다.
 	
1. 선행 작업(검색 및 출력) 하실 부분(제1대).
  1-1. 의안처리현황(1991-04-15 ~ 1995-06-30)을 검색 후 출력.
  1-2. 제1대의 의안처리부 중 '결의안'을 선택 검색 후 출력.
 	
2. 출력된 현황 등을 살펴보면
	접수자: 맹성학
	접수일: 2011-06-13
	답변내용:
	
	안녕하십니까?
	운영지원센터 조직 개편으로 일부 업무 담당자가 조정되었습니다. 새올의회 업무를 담당하게 된 맹성학입니다.
	
	요청주신 내용에 대하여 전임자와 함께 충분한 검토를 진행한 후, 개선 처리하겠습니다.
	
	다만, 6. 14 ~ 6. 24 기간 동안 운영지원센터에서 '2011 상반기 자치단체방문(충남, 전북 지역)'을 진행하기 때문에 요청주신 기능개선 건에 대한 시스템 반영에 다소 시간이 소요될 수 있음을 알려드립니다. 7월 중 완료될 수 있도록 조치하겠습니다.
	
	감사합니다.
	첨부파일
	
	처리결과: 검토내용(2011-07-27)
	○ 요청사항
	  – 의안대장관리 메뉴의 의안처리현황 집계 출력 시 건수가 불일치함.
	  – 불일치 원인으로 집계표의 '미상정 종결' 항목에서 '부결' 건수가 집계되지 않았기 때문.
	  – 집계표에 미상정종결–부결 항목을 추가하여 건수 집계가 일치하도록 개선요청.

2-1. 접수는 37건이며, 제안자 역시 37건으로 일치.

2-2. 처리인 상정의결 30건, 본회의(미결) 1건, 본회의(미상정종결) 중 철회는 5건으로

2-3. [접수=제안자≠처리]가 일치하지 아니함을 알 수 있음.

3. 불일치 원인을 살펴보면

3-1. 문제가 된 의안은 '1-101 강동구 조례정비심의…'로서 위원회에서 폐기하기로 종결된 의안이며, '1-270 세무행정조사특별…'은 위원회에서 부결로서 종결된 의안으로서

3-2. 모두 본회의에 상정하지 아니하고 위원회에서 '폐기'와 '부결'로서 종결 처리된 의안임을 알 수 있음.

3-3. 또한 '본회의(미결)'란에 1건이 표기된 것으로 보아 위 3-1의 폐기 또는 부결된 의안 중 1건이 표기된 것으로 짐작되는 바,

4. 개선의견

4-1. 어떤 의안이 본회의 상정하지 않고 위원회에서 완전 종결된 의안의 표기방법의 개선이 필요함.

4-2. 위와 같은 이유로 '본회의(미결)'란의 정교한 시스템 개선이 필요함.
  – 본회의(미결)는 상임위원회에서 처리하여 본회의 상정 전 또는 본회의에서 미처리 상태임을 표기 되어야 할 것임.

4-3. 또한 위와 같은 이유로 '본회의(미

○ 검토의견
  – 자료 및 의안처리현황 집계표 검토 결과, 미상정종결건 중 집계에서 누락되는 경우가 발생함을 확인. 위원회 부결건이 집계에 누락되고 있기 때문에 전체 집계 건수가 맞지 않음.
  – 현재 미상정종결건은 철회, 폐기 두 가지로 항목으로 구분하고 있으나, 위원회 부결 항목 추가가 필요함.

○ 조치결과
  – 본회의(미상정종결) 항목 중 부결(위원회 부결)건이 집계될 수 있도록 의안처리현황 출력물에 항목을 추가하였습니다.

상정종결) 폐기'의 정교한 시스템 개
선이 필요함. '의안 1-101'은 위원
회에서 폐기되었음에도 집계표(의안
처리 현황)에는 표기되지 않고 있음.
4-4. 아울러 '본회의(미상정종결)'란에는
현재 철회와 폐기만 표기되어 있는
바, '부결'란을 추가할 필요가 있음.
4-5. 결론은 본회의에 상정되지 않고
위원회에서 완전 종결된 의안의 경
우 '본회의(미상정종결)' 속으로 들어
가야 한다는 의견임.

감사드리며, 빠른 답변을 기다립니다.
첨부파일

요청내용	처리내용
요청제목: '의안의 처리일(본회의)' 변경요청 담당님이 바뀌셨군요. 앞으로 잘 부탁드립니다. 이번에 정정 요청 드리는 사항은 간단한(?) 사항으로 본회의 처리일을 별첨의 적색내용으로 변경시켜 주시기 바라는 것입니다. 본회의의 처리일이 2010-07-15로 되어 있는 것을 2010-07-16으로 변경하여 주시기 바랍니다. 감사합니다. 첨부파일　6대 의안.xls	접수자: 맹성학 접수일: 2011-06-27 답변내용: 안녕하십니까? 의회업무 담당자 맹성학입니다. 요청주신 내용 처리되었습니다. 확인해보시기 바랍니다. 감사합니다.

요청내용	처리내용
요청제목: '의안처리현황(집계표)' 기능 개선을 건의 드립니다. 안녕하십니까? * 관련내용 – 요청일: 2011. 6. 13 – 요청번호: 20110301133 – 제목: 의안처리 현황 개선의견 기능 개선을 건의드린 사항('부결'란 삽입)을 해결해 주시어 감사드립니다. 그러나 아쉽게도 일부 사항이 실제와 일치하지 아니하여 다시 기능 개선을 건의 드리니 조치하여 주시기 바랍니다. 1. 위원회에서 종결처리(철회, 폐기, 부결)된 의안은 본회의에 부의하지 않는 한 '완전 종결'된 의안입니다. 또한 '본회의(미결)'는 '미처리된 의안'으로서 아직 본회의에서 처리를 앞두고 있는 의안으로 이해되고 있습니다. 2. 그러나 지난 4대, 5대, 6대(일부)에 아직도 '본회의(미결)'된 의안이 있다는 것은 상식적으로도 이해가 되지 않는 부분입니다. 이를 살펴보면, 위원회에서의 처리부분 [즉 본회의(미상정종결)]을 시스템이 정확히 읽어 들이지 못하여 집계에 오류가 있지 않은가 생각해 봅니다.	접수자: 맹성학 접수일: 2011–08–16 답변내용: 안녕하십니까? 요청주신 것과 같이 자료를 확인해 본 결과, 미상정종결건에 대한 집계가 일부 일치하지 않는 것을 확인하였습니다. 프로그램을 수정하여 차주 중 적용토록 하겠습니다. 감사합니다. 첨부파일 처리결과: 검토내용(2011–08–26) ○ 요청사항 　– 의안처리현황 집계 시 본회의 미상정 종결 건수 집계가 맞지 않음. ○ 검토의견 　– 위원회 종결 처리건의 일부(철회)가 본회의(미결)건으로 집계되는 것을 확인함 　– 정상적으로 집계될 수 있도록 프로그램 개선이 필요함. ○ 조치결과 　– 위원회 종결 처리건은 미상정 종결로 집계가 되도록 보고서 출력 프로그램을 수정.

첨부된 각 '임기별 집계표'와 '의안 목록'을
발췌하였으니 참고하여 주시기 바랍니다.

감사합니다.

첨부파일 오류집계 의안.xls

요청내용	처리내용
요청제목: '의원 5분 자유발언' 관련 기능 개선을 건의 드립니다. 안녕하십니까? 의원의 '5분 자유발언'과 관련하여 기능개선을 건의 드립니다. 의원의 '5분 자유발언'은 발언하는 의원의 정책 제안이나 추구하는 가치와 소신 등이 담겨있는 소중한 발언이며, 사무국에서는 이를 소중히 관리하여야 할 책무가 있다 하겠습니다. 사무국에서 근무하면서 느끼는 사항으로 발언하시는 의원께서는 발언순서에 상당히 민감해 합니다. 예를 들면 임기가 개시된 후 제일 먼저 발언의 기회가 주어진다든지 연말에 마지막으로 발언 한다든지, 중요한 사안이 있을 때 제일 먼저 그 부분에 대한 첫 번째 발언기회를 가진다든지 등 발언순서에 집착을 보일 정도로 민감해 하는 것을 알 수 있습니다. 따라서 '의원 5분 자유발언' 관리 메뉴에 회기마다 발언순서를 기입하는 방안의 기능개선 검토가 절실하다고 할 수 있겠습니다. '5분 자유발언'의 '발언순서 삽입'하는 시스템의 기능개선을 검토 요청드립니다. 감사합니다. 첨부파일	접수자: 맹성학 접수일: 2011-09-01 답변내용: 안녕하십니까? 의원 5분 자유발언 관리메뉴에서 자료 등록 시, 회기별 발언순서 항목을 추가하여, 필요한 경우 입력하실 수 있도록 개선 처리하겠습니다. 감사합니다. 첨부파일 처리결과: 검토내용(2011-11-07) ○ 요청사항 　- '의원 5분 자유발언' 관리 자료 등록 시, 회기별 발언순서를 입력할 수 있도록 개선요청. ○ 검토의견 　- '5분 자유발언' 등록메뉴에서 발언순서 입력항목을 추가하고, 회기별 발언순서를 확인할 수 있도록 기능개선이 필요함. ○ 조치결과 　- '의원 5분 자유발언' 등록 시, 회기별 발언 순서 항목을 추가. 　- '5분 자유발언' 등록화면 및 상세조회 화면에서 해당 회기의 자유발언자 및 발언순서를 확인할 수 있도록 기능 추가. 　- 출력 시 출력물에 발언순서 항목 추가. 　- '5분 자유발언' 목록조회 화면에 발언순서 항목 추가.

2014년 7월 아내와 함께

아버지는 이 세상의 '뿌리'입니다

– 권선복(도서출판 행복에너지 대표이사,
대통령직속 지역발위원회 문화복지 전문위원)

한 그루 나무든 한 포기 풀이든 잘 자라기 위해서는 뿌리가 튼튼해야 합니다. 모진 비바람을 견뎌내는 것은 지상 위에 솟은 줄기와 잎사귀의 몫이지만 땅을 단단히 붙들어 지탱을 하고 꼭대기까지 영양분을 보내는 뿌리가 약하다면 떡잎 한 장 제대로 틔우지 못할 것입니다. 세상 이치도 마찬가지입니다. 그렇다면 우리 사회의 뿌리는 과연 무엇일까요?

저는 이 세상의 모든 아버지들이 그 지역 사회의 뿌리라고 생각합니다. 가족을 위해, 회사를 위해, 국가를 위해 늘 희생과 헌신으로 점철된 고달픈 삶. 묵묵히 땀 흘리며 맡은 바에 최선을 다

하지만 아무리 힘들어도 아프다는 소리 한 번 잘 하지 않는 우리 아버지들. 그분들이 계셨기에 대한민국이 경제대국이 될 수 있었고 세계에서 가장 전도유망한 국가로 우뚝 설 수 있었습니다. 그렇기 때문에 서울시 공무원으로 평생을 살아온 심재훈 저자의 『아들에게 전하는 아버지 이야기』는 한 개인의 인생 이야기를 넘어선, 우리 아버지 세대의 애환과 혜안이 담긴 소중한 책이라 할 수 있습니다. 두 아들을 둔 아버지로서 읽는 내내 공감하였고, 자녀들과 부모 모두 꼭 한 번은 읽어야 할 내용들을 담아냈습니다.

많은 이들이 우리 사회의 고난과 위기에 대해 이야기합니다. 하지만 늘 든든한 버팀목이 되어준 아버지들이 있었기에 그 어떤 역경도 이겨내고 발전할 수 있었습니다. 한평생 한 가정의 울타리가 되어주고, 사회의 중요한 역군이 되어주었던 그 모든 아버지들에게 큰 박수를 보냅니다. 또한 취업난, 경제난에 의해 꿈을 잃고 방황하는 젊은이들에게 이 책이 작은 위안과 용기를 마음에 심어주기를 기대하면서, 이 책을 읽는 모든 독자들의 삶에 행복과 긍정의 에너지가 팡팡팡 샘솟으시기를 기원드립니다.

하루 5분 나를 바꾸는 긍정훈련

행복에너지

권선복

도서출판 행복에너지·
지에스데이타(주) 대표이사
대통령직속 지역발전위원회
문화복지 전문위원
새마을문고 서울시 강서구 회장
전) 팔팔컴퓨터 전산학원장
전) 강서구의회(도시건설위원장)
아주대학교 공공정책대학원 졸업
충남 논산 출생

'긍정훈련' 당신의 삶을 행복으로 인도할

최고의, 최후의 '멘토'

'행복에너지 권선복 대표이사'가 전하는
행복과 긍정의 에너지, 그 삶의 이야기!

국민 한 사람, 한 사람이 모여 큰 뜻을 이루고 그 뜻에 걸맞은 지혜로운 대한민국이 되기 위한 긍정의 위력을 이 책에서 보았습니다. 이 책의 출간이 부디 사회 곳곳 '긍정하는 사람들'을 이끌고 나아가 국민 전체의 앞날에 길잡이가 되어주길 기원합니다.

** **이원종** 대통령직속 지역발전위원회 위원장

'하루 5분 나를 바꾸는 긍정훈련'이라는 부제에서 알 수 있듯 이 책은 귀감이 되는 사례를 전파하여 개인에게만 머무르지 않는, 사회 전체의 시각에 입각한 '새로운 생활에의 초대'입니다. 독자 여러분께서는 긍정으로 무장되어 가는 자신을 발견할 수 있을 것입니다.

** **최 광** 국민연금공단 이사장

권선복 지음 | 15,000원

소리(전 8권)

정상래 지음 | 각 권 13,500원

쏟아져 나오는 책은 많지만 읽을거리가 없다고 탄식하는 독자들이 많다. 그렇다면 근대 한국사에 담긴 우리 한민족의 정서에 관심이 있다면, 대하소설의 참맛에 대해 잘 알고 있다면, 정말 제대로 된 작품을 읽어볼 요량이라면 이 소설은 독자를 위한 더할 나위 없는 선물이자 생을 관통할 화두가 되어 줄 것이다.

조영탁의 행복한 경영이야기 세트(전 10권)

조영탁 지음 | 각 권 15,000원

행복한 성공을 위한 7가지 가치, 그 모든 이야기를 담은 『조영탁의 행복한 경영이야기』 전집은 자신은 물론 타인의 삶까지 행복으로 이끄는 '행복 CEO'가 되는 길을 제시한다. 다양한 분야에서 칭송을 받아온 인물들의 저서에서 핵심 구절만을 선별하여 담았다. 저자는 이를 '촌철활인寸鐵活人(한 치의 혀로 사람을 살린다)'으로 재해석하여 현대인이 지향해야 할 삶의 태도와 마음에 꼭 새겨야 할 가치를 제시한다.

행복에너지 - 하루 5분 나를 바꾸는 긍정훈련

권선복 | 값 15,000원

책 『행복에너지』는 "긍정도 훈련이다"라는 발상의 전환을 통해 삶을 행복으로 이끄는 노하우를 담고 있다. 긍정적으로 세상을 바라보는 사람들이 삶에 대처하는 태도와 방식 그리고 저자 '도서출판 행복에너지 권선복 대표이사'가 실생활에서 경험한 구체적인 사례들을 바탕으로 이루어져 있다.

색깔의 반란

유화승 · 정인숙 지음 | 값 15,000원

이 책은 컬러힐링에 관한 개념과 그 효능을 소개하고 친숙한 음식들을 색상별로 묶어 어떻게 우리 몸에 작용하는지에 대해 설명하고 있다. 자신에게 맞는 색깔을 조금만 바꾸어도 인생의 많이 부분이 달라짐을 과학적 근거에 의거하여 독자들에게 전달하는 것이다. 가장 쉬운 예로 매 끼니마다 접하는 음식의 색에 관심을 기울여 보라고 강조한다.

두 다리는 두 명의 의사다

배근아·신광철 지음 | 값 15,000원

『두 다리는 두 명의 의사다』는 신체의 건강을 인문학과 자기계발의 관점에서 바라본 독특한 건강관리서이다. 100세 시대, '다리 건강'이 사람들의 장수長壽를 어떻게 책임지는지 살펴본다. "신체는 통섭의 산물이다."라는 전제하에 다리 건강의 유지, 그 중요성과 방안을 함께 제시한다.

아파트, 아는 만큼 내 집 된다

최성규 지음 | 값 15,000원

현직 공인중개사 사무소 대표가 현장을 밤낮 없이 뛰며 얻은 아파트 분양 노하우와 부동산 이야기! 이 책은 실물시장에서 이루어지는 현상을 있는 그대로 파악·분석하고 시장중심적인 관점에서 풀어낸 아파트 분양과 부동산 정보를 에세이 형식으로 쉽고 재미있게 독자에게 전달하다.

새로운 경세학을 말하다

황선범 지음 | 값 18,000원

『새로운 경세학을 말하다』는 생명에 기초한 새로운 패러다임으로 불경, 성경, 사서삼경 등과 같이 세상을 살아가는 가치관을 천성과 지성의 이치로 설명하였다. 혼돈과 무질서가 득세하는 세상에서 평화와 행복을 꿈꾸는 이들에게 저자가 세상을 향해 던진 일침은 시사하는 바가 크다.

나를 혁명하라

이장락 지음 | 값 15,000원

이 책은 저자가 자신의 삶을 하나의 표본으로 하여 지금껏 보고 듣고 온몸으로 체득한 지혜와 혜안을 자기계발서 형식으로 풀어놓은 책이다. 화려한 미사여구와 지루한 이론이 아닌, 역동하는 현장의 열기와 늘 두근거리는 심장의 온기를 한꺼번에 녹여내어 독자의 마음을 사로잡고 있다.

돌섬

정상래 지음 | 값 15,000원

이 책은 "우리는 왜 일본을 싫어하는가? 한국인은 왜 반일감정을 버리지 않고 살아가고 있는가?"라는 질문을 화두로, 한일 양국의 학자들의 다양한 소재를 대상으로 난상토론을 벌이는 과정을 생생하게 담아내고 있다. 임나일본부설, 식민사관, 독도와 위안부까지 한반도 역사에 씻을 수 없는 아픔을 안긴 이야기와 그 진실을 하나씩 풀어나간다.

아리랑 로드

이재열 외 4인 | 값 15,000원

책 『아리랑 로드』는 현대를 살아가는 우리에게 매우 중요한 의미로 다가온다. 마치 한 장의 사진을 보는 것처럼 과거로 돌아가 그 시대를 생생하게 살펴보는 타임머신의 역할을 하고 있기 때문이다. 천년의 소리인 정선아리랑이 흘러간 길을 다시 한 번 돌아볼 수 있다는 점에서 크나큰 가치를 지니고 있다.

새벽을 여는 남자

글 오풍연 · 사진 배재성 | 값 15,000원

책 『새벽을 여는 남자』는 '바보'가 되는 것을 곧 인생의 목표로 바라보는 신문기자의 8번째 에세이집이다. 이 책은 독자들이 삶을 살아가며 난관에 맞닥뜨렸을 때마다 펼쳐 보고 미래의 올바른 방향을 가늠해볼 수 있게 하는 인생의 길잡이 역할을 해줄 것이다.

대한민국 비정상의 정상화

권기헌 지음 | 15,000원

『대한민국 비정상의 정상화』는 우리나라 국가혁신의 문제점과 미래의 방향을 제시한 하나의 기념비적인 작품이다. '비정상의 정상화'에 관한 철학, 이론, 실천과제를 국가와 정부의 역할을 중심으로 명쾌하게 제시하고 있다. 국가혁신의 근본적인 문제 해결에 접근하지 못하는 현실에서, 시대의 변화에 따른 혁신의 비전을 수립하는 데 중요한 지침서가 되어 줄 것이다.

'행복에너지'의 해피 대한민국 프로젝트!
〈모교 책 보내기 운동〉

대한민국의 뿌리, 대한민국의 미래 **청소년·청년**들에게 **책**을 보내주세요.

많은 학교의 도서관이 가난해지고 있습니다. 그만큼 많은 학생들의 마음 또한 가난해지고 있습니다. 학교 도서관에는 색이 바래고 찢어진 책들이 나뒹굽니다. 더럽고 먼지만 앉은 책을 과연 누가 읽고 싶어 할까요? 게임과 스마트폰에 중독된 초·중고생들. 입시의 문턱 앞에서 문제집에만 매달리는 고등학생들. 험난한 취업 준비에 책 읽을 시간조차 없는 대학생들. 아무런 꿈도 없이 정해진 길을 따라서만 가는 젊은이들이 과연 대한민국을 이끌 수 있을까요?

한 권의 책은 한 사람의 인생을 바꾸는 힘을 가지고 있습니다. 한 사람의 인생이 바뀌면 한 나라의 국운이 바뀝니다. **저희 행복에너지에서는 베스트셀러와 각종 기관에서 우수도서로 선정된 도서를 중심으로 〈모교 책 보내기 운동〉을 펼치고 있습니다.** 대한민국의 미래, 젊은이들에게 좋은 책을 보내주십시오. 독자 여러분의 자랑스러운 모교에 보내진 한 권의 책은 더 크게 성장할 대한민국의 발판이 될 것입니다.

도서출판 행복에너지를 성원해주시는 독자 여러분의 많은 관심과 참여 부탁드리겠습니다.

도서출판 **행복에너지** 임직원 일동

문의전화 0505-613-6133